ベリーズ文庫

溺愛ドクターは恋情を止められない

佐倉伊織

STARTS
スターツ出版株式会社

目次

溺愛ドクターは恋情を止められない

6

救急外来の現実

空からはらはらと舞い降りる桜の花びらは、薄い薄いピンク色をしている。

最近、気温が高いせいで一気に満開となった桜は、春の若葉の匂いのする風に吹かれて、その花びらを空に舞わせる。

手を広げると、一枚だけ花びらが手のひらにのった。

「よし。頑張るぞ」

医療系の専門学校を卒業した私は、この春、社会人になった。

希望通り就職できない人も多かったけれど、一応専門知識があったおかげか、すんなり『野上《のがみ》総合病院』に医療事務として採用された。

野上総合は、四百床を抱えるちょっとした市民病院ほどの大きさの総合病院。

私の母は看護師だった。だから将来は病院で働きたいと思っていたものの、私にはある致命的な欠陥がある。

……血が怖いのだ。

というわけで看護師は選択肢から消え、もちろん医師も無理。それで選んだのが、メディカルクラーク。いわゆる医療事務だ。

レセコンという特別なコンピューターを使って診療報酬を計算したり、受付などの業務をしたりするのが主な仕事。配属先によって業務はいろいろあるけれど、第一希望は外来の受付だ。ひたすらパソコンの画面とにらめっこして事務的に会計処理をする作業より、患者さんと直接触れ合える仕事がいいなと漠然と考えていた。

その年に採用された事務職の皆と一緒にひと通りの研修が済むと、いよいよ配属が決まる。

新人一同を集めた会議室で、事務長が機械的に名前と配属を読み上げ始めた。

「松浦都《まつうらみやこ》さん、救急外来」

救急外来？

考えてもいなかった部署への配属を言い渡され、一瞬頭が真っ白になる。

救急といえば……救急車を受け入れ、最初に治療にあたるところ。ひどいケガをした人とか、緊急性の高い病気の人が運ばれる。

無理だ。血が怖い私が一番苦手な部署だもの。

もちろん他科でも血を見てしまう機会はあるが、救急外来は特殊。一刻一秒を争う場面も多く、事務員も頻繁に初療室に出入りする。

けれど、血が苦手だからと配置換えしてくれるほど社会は甘くない。

「都、救急なんだって？」

ここに来て初めてできた同期の友達、宮田那美《みやたなみ》が耳元で囁《ささや》く。

「あぁ、うん。那美は会計？」

「うんうん。本当は外来受付がよかったな。あれ？　顔、青くない？」

「あはは、なんでもないよ」

まさか病院に就職しておいて血が怖いなんて、今さら言えない。

「まっ、お互い頑張ろうね」

「う、うん」


こうして私の仕事は始まった。

救急外来の受付は他にふたり。もうすぐ四十歳を迎えるという加賀《かが》さんと、三十代半ばの中川《なかがわ》さんというベテランクラーク。

救急外来は受付の隣に初療室があり、緊急性の高い患者はここに運ばれる。また、受付の向かいには比較的症状の軽い患者に対処する診察室がふたつと、点滴などの処置をする処置室がある。

医療スタッフは看護師長をはじめ、若手ナースたち。そして十五人ほどいる後期研修医の中から、日替わりで外科系と内科系、各ひとりずつやってくる。

後期研修医とは、医師免許を取ったあと二年の前期研修を終えて専門の科で学ぶ先生のことで、幅広く勉強するために救急も担当している。

野上総合の救急外来は、テレビでよく見るような高度救命救急とは少し異なる。基本的には研修医が診察をして、手に負えなければ専門の先生に引き継ぐのが役割だ。つまり、トリアージ的な役割を担《にな》っている。

「救急車入ります」

そのひと言で皆が一斉に動き出す。

それまでどんなに和やかな雰囲気でも、その瞬間にキリリとした空気が走るのには驚いたけれど、それがプロということなんだとここに配属されて知った。

私たち受付は、消防からの電話を取りドクターに引き継ぐ。ドクターが症状を聞いて受け入れが決まると、再び電話を代わってもらい患者の氏名や生年月日などを聞いて、カルテ作成に入る。

その間、一秒たりとも無駄にできない。

配属当初は緊張しすぎてめまいを起こしそうなほどだったが、他のクラークもナースも余裕そうに見えた。

「松浦さん、ＩＤ作って。名前も生年月日もまだわからないから、空白で」

中川さんが叫ぶ。

道端で倒れたところを搬送されるケースも多々あり、免許証のような身分証明書を持っていなければ、名前すらわからないことも珍しくない。

それでも検査にはＩＤ番号が必要なのだ。それをもとに、全科で電子カルテが閲覧できるようになる。スムーズに診察を進めるためには大切なものだった。

今日は救急車が多い。

いつもは、朝、初めて会うドクターやナースに挨拶するが、私が仕事を開始した時点でもうそんな余裕はなかった。

クラークには夜勤専門の男の人もいて、その人たちから現在外来で治療を受けている患者や、これから来院予定の患者についての引き継ぎを受ける。その間もひっきりなしに電話が鳴って、誰かが対応に走るという感じ。

「夜勤帯は救急車が五台。そのうち内科一名、整形一名、外科一名が入院になりました。現在放科にレントゲン依頼をかけてあり――」

ナースも私たちと同じようにわずかな合間を縫って申し送りをしていて、朝から殺《さっ》伐《ばっ》とした雰囲気だった。

「救急車、もう一台入ります。事故の模様」

電話を回したばかりの診察室から、ナースの声が聞こえる。

配属されてから五日。昨日までは大きな病気やケガの人もなく、穏やかな日が続いていた。しかし、今日は違う。

加賀さんの話では、時々こうして救急車が重なる日があるんだという。

救急車のサイレンが近づいてきて、やがて止まる。

慣れてきたとはいえ、その音がピタッと止まる瞬間はなんとなく嫌なものだ。

救急の入口にはナースがすでに待機している。

「交差点で左折してきたダンプに巻き込まれた模様。意識レベル——」

最初に降りてきた救急隊員がドクターに状況を伝え始める。

そのあとすぐに救急車の後部ドアが開き、ストレッチャーが見えた。

乗っているのは子供だ。それもまだ小学校低学年くらいの、血まみれの——。

「松浦さん、なにやってるの、先生にＩＤ渡して」

目の前を通っていくストレッチャーを見て呆然《ぼうぜん》と立ち尽くしていたが、中川さんの声で我に返る。

「はい」

私は慌てて用意していたＩＤを初療室に持っていった。すると、先ほどのドクターがテキパキと指示を出している。

この先生は、初めて見た顔だ。

「ライン確保。それと放科にＣＴの連絡して」

ベッドに横たわる全身血まみれでピクリとも動かない少女は、誰の目にも瀕死《ひんし》の状態だとわかる。

「受付、ＩＤ貸して。それから外科と整形の先生にコールするよう、師長に」

「はい」

本当は……血だらけの子供を見て倒れそうだった。でも、血が怖いなんて言ってはいられない。

あの子は必死に頑張っているんだ。

初療室を出て、外科と整形のドクターを呼んでもらえるように師長に伝えると、ほどなくして他の先生が駆けつけてきた。

「ちょっとまずいな」

なにやら薬剤の名前が飛び交い、モニターの音が響く。

――ピー。

心電図の音が変わった。

これって……心停止？

一瞬にして緊張が走る。

「高原《たかはら》、心マ！　ボスミン！」

初療室に入っていったばかりの外科の先生が心臓マッサージの指示を出す。

さっきの幼い女の子の姿を思い浮かべると、体が勝手に震えてきて、歯を食いしばった。

それから、どれくらい経っただろう。

「高原、もう無理だ」

「いえ、この子の親はまだ来てないんです！　やらせてください」

隣の部屋にいても、高原と呼ばれた先生の息が上がっているのがわかる。

「お前の気持ちはわかる。だけど、もう……」

そんな弱々しい声が聞こえたあと、再び、ピーという無情な音が鳴り響いた。

「九時四十二分。ご臨終《りんじゅう》です」

嫌だ。あの子が……あの子の命が天に召されてしまったなんて。

「天使のセット取ってきて」

ここでは亡くなった方の処置をするものをまとめて、〝天使のセット〟と呼んでいる。ナースに指示を出された中川さんが、すっと立って受付を出ていった。

人が亡くなっても、誰ひとりとして動揺している様子がない。それどころか、さっきまで初療室にいたナースが、待合室の患者に笑って話しかけている。

皆どうして、そんなふうに振る舞えるの？

目《ま》の当《あ》たりにした人の死に動揺しているのは、私が未熟だからなの？

私は受付の奥に入って、ひとり息をひそめていた。

笑顔なんて今の私には作れない。

「これ」

うつむく私にＩＤを差し出したのは、高原と呼ばれていた先生だった。

身長は百八十センチは超えているだろうか。まくり上げた白衣の袖からのぞく筋肉質な腕が、つい数分前まであの子の命を引きとめていたのに。

汗びっしょりになった彼から、まだ名前も生年月日も入力されていないＩＤを手にすると、我慢していた涙がこぼれ落ちそうになる。

「さやか、さやかはどこですか？」

そのとき、ひとりの女性が救急の入口からすごい勢いで飛び込んできた。

多分あの女の子の母親、だ。

「お待ちください」

加賀さんが表情ひとつ変えることなく、初療室のナースに声をかけている。

もちろん、事実は伏せたまま。それを伝えるのは、私たちの仕事ではないから。

「さやかー。嫌ー‼」

ナースに促されて初療室に入った母親の悲痛な声が響き渡った。

動かなくなっているわが子の姿を見て、命が尽きてしまったことを察したのだ。

そして、外科の先生が静かに臨終を告げた。

本当は我慢するべきなのかもしれない。業務はいくらでもあるし、他の患者を動揺させてはいけない。病院側の人間としては……。

でも……でも、できない。

私はあの子の――さやかちゃんのＩＤを手にしながら、あふれる涙を止めることができなくなった。

どうしよう、止まらない。

慌てて手で頬を拭ったけれど、とても追いつかない。

すると、不意に腕をつかまれて引っ張られた。ハッと顔を上げると、私にＩＤを差し出した高原先生だった。

眉根を寄せて唇を噛みしめる彼は、黙ったままさらに奥にある先生たちの仮眠室に向かう。

先生も私みたいに苦しいの？

それとも、涙を流してしまった私に怒ってる？

少し乱暴に開けられた仮眠室のドアが閉められると、突然強く抱きしめられた。

「我慢しなくていい。泣けばいい」

怒っているわけじゃなくて、なぐさめてくれるんだ……。

私は初めて会った高原先生にしがみつき、声を噛み殺しながら涙を流し続ける。

その間、彼はただ黙って強く抱きしめてくれていた。

けれど私は気がついてしまった。私を抱きとめるその手が震えていることに。

「すみません……」

少し気持ちが落ち着くと、そっと彼から離れた。

アーモンド形の黒目がちな瞳で私を心配そうに見つめる高原先生の白衣が、涙で濡れていて申し訳なくなる。

「大丈夫か？　今は患者が途切れているから、救急のコールがあるまでここにいろ」

「本当にすみません。取り乱したりして……」

「いや、気にするな」

救急外来のスタッフとしては失格なのに、高原先生は私を咎《とが》めたりはしない。

彼は部屋の隅にあったソファに私を座らせると、頭をポンポンと叩いて出ていった。


その日は、それから数件救急車を受け入れた。

妊婦の破水は特に処置することなくそのまま産婦人科にお願いして、精神科の既往歴のある患者もすぐに精神科へとバトンタッチした。

結局、さやかちゃん以外は特に重大な事態に陥ることなく、業務が終了した。

私たち受付は十七時で業務が終わり、夜勤専門の男性と代わる。ナースも申し送りが始まり、医師も交代だ。

「お疲れ」

引き継ぎが始まった頃、整形外科の二年目の後期研修医、小谷《こたに》先生が入ってくる。会うのは二度目だった。

彼は研修医の中でも明るくてムードメーカー的な存在。髪は短めで眉は凛々《りり》しく、がっちりとしたスポーツマン体型。きっとモテるに違いないとひと目見て思った。

「あれっ、松浦ちゃん。元気ない？」

「そんなことないです」

精いっぱいの強がりを吐いてみる。

本当につらいのはさやかちゃんのご家族。私がここで泣いていたって、なにも変わらない。

一旦奥のスタッフルームに入っていった小谷先生は、高原先生と話しながら出てきた。

ふたりは多数いる医師の中でも美男子と評判で、真剣に話している姿はゾクッとするほど美しい。

小谷先生は受付まで来ると「松浦って、純情ちゃんなんだな」と、私の頭をくしゃくしゃにして診察室へ去っていった。

純情ってなんのことだろう。

女の子の死がショックで泣いてしまったこと？

引き継ぎが終わると、更衣室に向かった。

「都、お疲れ。ふぅ。まだ五日目なのに、もう疲れたわ」

ひと足先に着替えていたのは、那美だ。

「そうだね。ホント」

配属されたばかりで緊張が解けないのはあるとしても、誰かの命が失われる瞬間に居合わせるのは、精神的なダメージも大きい。

毎日重篤《じゅうとく》な患者に向き合って、当直もこなすドクターやナースには頭が下がる。

「金曜だし飲みに行かない？」

「あー、今日はやめとく」

彼女からお誘いを受けたが、さやかちゃんのことが頭から離れなくてとてもそんな気にはなれない。

「付き合い悪いなぁ。ね。今日の研修医の先生、誰だったの？」

「外科の高原先生と、内科の池下《いけした》先生」

「それで、どんな先生だった？」

会計の那美はドクターと顔を合わせることはほとんどなく、私のことをうらやましいと思っているらしい。

「どんなって……。ふたりとも優秀そうだったよ」

池下先生は、物静かで淡々と業務をこなす男の先生だった。

高原先生は……。

彼に強く抱き寄せられたことを思い出すと、途端に心臓が高鳴り始める。

さやかちゃんの死に動揺する私をなぐさめてくれた彼は、とても優しい人だった。

いや、それだけでなく……微かに震えていたあの手は、繊細な心の持ち主であることを物語っていた。

それから数人が着替えに来て、ドクターやナースの噂話《うわさ》が始まる。

いつもと変わらない日常に安堵を覚えつつ、心はここにあらず……だった。

白いカットソーとボルドーのフレアスカートに着替えると、少しだけ仕事から気持ちが切り替わる。

けれども、那美と別れた私の足は自然と地下へと向かっていた。

地下には霊安室がある。

ここにはまださやかちゃんが眠っているはずだ。

かといってドアを開ける勇気もなく、ただドア越しに深く一礼してその場を去った。

病院の裏口から外に出ると、空を茜色《あかね》に染めている夕日が沈みかけている。明日は天気がよさそうだ。

最寄りの駅へと続く道を歩き始めたとき、立体駐車場の壁に寄りかかりぼんやりと空を見上げている人影が見えた。

沈む夕日に照らされて、柔らかそうな黒髪がほんのりオレンジ色に染まって見える。

「高原先生……」

高原先生は、白衣を脱ぐと別人に見えた。

黒いTシャツにカーキ色のチノパン。そしてモッズコートを羽織っていて、一見するとドクターには見えない。

私に気づいた彼は、ほんのり頬を緩めた。

「遅いぞ」

遅いって？　特に約束した覚えはないけど……。

不思議に思いながらも、顔を伏せた。つい数時間前の出来事を思い出して、少し恥ずかしくなったからだ。

あんなに泣いてしまうなんて。でもあのとき、彼が泣かせてくれたからその後の業務を続けられた。お礼を言わなければ。

「あ、あの……」

「行くぞ」

気がつくと、いつの間にか手首をつかまれている。

「えっ、なんですか？　行くって、どこに？」

軽くパニックになっていると、高原先生はクスクス笑う。

「おもしろいな、お前」

私の手を引く彼の長い足についていくには、小走りにならなければならなかった。

高原先生は有無を言わせず進み、一台の大きなアウディを指さす。

「乗って」

唐突な申し出に呆然と彼の顔を見上げるばかり。しかし、冗談を言っているようには見えない。

「なに？　ドアを開けてほしいの？」

「いっ、いえ」

ニヤリと笑う高原先生は、「それじゃ、どうぞ」と本当に助手席のドアを開けてくれる。

私はなにがなんだかわからないうちに、彼の車に乗ることになってしまった。

「名前は？」

運転席に乗り込んでエンジンをかけた彼は、チラッと私に視線を送って再び前を向く。

「名前？」

「だから、松浦なんていうんだ？」

そういえば、今日は朝から患者が途切れることがなく、まともに自己紹介すらしていない。

「都です」

「俺は高原奏多《かなた》。もう、知ってるか」

なんだか白衣のときとは随分印象が違う。

「俺、こんなに早く帰れるの、すっごい久しぶりなんだ。飯、付き合ってよ」

「えっ、私？」

「他に誰がいるの？　あっ、金曜だしデートの約束でもあった？」

思いっきり首を横に振ると、横目で私の様子を見た彼は口角を上げて小さな笑みをこぼした。

それから彼はイタリアンレストランに連れていってくれた。

「なににする？」

いまだ、この状況を呑み込めない私と、マイペースにメニューをのぞき込む彼。

なんとなく温度差があるのは気のせいだろうか。

「今日は、あまり……」

「ダメだ。どうせ食欲がないとか言うんだろ。でも、食わないとダメだ」

今までとは違う強い口調に驚く。

もしかして、私を心配してくれているの？

「医者の命令。じゃ、適当に頼むぞ」

すぐに店員を呼んだ彼は、トマトベースのパスタを注文している。

しかし店員が去ると途端に沈黙が訪れて、緊張が走った。

高原先生とは今日初めて顔を合わせたばかりだし、なにを話していいのかわからない。彼も黙ったままで、実に気まずい。

「あのっ、先生はどうしてお医者さまに？」

一番当たり障りのない質問のつもりだったのに、眉をひそめられたのでたじろぐ。

けれど、すぐにもとの表情に戻った彼は口を開いた。

「命の重みを知ったから、かな」

彼の言葉を耳にした瞬間、母の最期《さいご》が頭をよぎる。

実は私の母は癌《がん》で亡くなっているのだ。

目の前で命の灯火《ともしび》が消えてしまったあの瞬間は、一生忘れられない。

「そんなことより、松浦って、今いくつ？」

彼はちょっと強引に話の方向を変える。

さっきの苦々しい顔といい、触れられたくないことでもあるの？

そう感じたが、つらいことのあった今日は楽しいほうがいいと、深く追及するのはやめた。

「二十一歳です」

高原先生は後期研修医二年目だから、二十八歳くらいのはず。

「それじゃあ、専門学校卒業か？」

「はい。メディカルクラークのコースで、診療情報管理士の資格を取りました」

診療情報管理士はわりと難関の試験。しかしもちろん、医師免許を持っている高原先生の前で自慢できるほどのことではない。

「なんだかよくわからないけど、すごいんだな。俺、あのレセプトってやつ、苦手」

レセプトとは、病院が健康保険組合などに請求する医療報酬の明細書のこと。

「先生はレセなんてわからなくていいんです。それは私たちの仕事ですから」

「あぁ、ホント助かるよ。医事課からよく病名が間違ってるって叱られるんだよね」

レセプトには、薬剤や検査の内容によってつけなければ審査が通らない病名というものが存在する。

たとえば、Aという病気の疑いで血液検査をしたがBという疾病《しっぺい》だった場合、Bの病名だけではその検査料の請求が認められないことがある。そのため〝Aの疑い〟があったことも書き込まなければならない。

「難しいですよね。それも私たちがチェックしますので、先生は診療に集中なさってください」

ドクターの仕事の多さには目を丸くしている。当直はひっきりなしに回ってくるし、食事をとる暇もないことも多い。その上、事務仕事まであるのだから驚きだった。

そんな話をしていると、湯気の立ったパスタが運ばれてきた。

「松浦って、辛いのいける？」

「はい。ほどほどには」

「じゃ、これ食ってみな」

彼が自分のパスタにのっていたソーセージを私の皿の上に置くので、早速口に運んだ。

「わっ、辛っ！」

辛いもの好きのつもりだったのに、これはなかなか。しかも熱さで辛みが増しているのか舌がピリピリする。

私は慌ててコップに手を伸ばしたが、ヒョイッと取り上げられてしまった。

「先生、お水……」

高原先生は、ちょっと涙目になった私を見て笑い転げている。

「ごめん、ごめん」

やっと返してくれたお水を飲み干すと、彼の子供みたいないたずらがおかしくて、私も吹き出した。

「やっと笑った」

「えっ？」

「笑ってるほうが、かわいいよ」

さっきまで笑い転げていたくせに、今度は優しく微笑んでいる。

もしかして、沈んでいた私を元気づけようとしたの？

そんな心遣いは、とても温かかった。

そのおかげか、食欲がなかったはずなのに、彼のペースに乗せられて一人前食べてしまった。

サッと伝票を持って立ち上がる高原先生は、私が財布を出そうとするのを制する。

「誘ったのは俺だから、おごるよ。楽しかったしね」

私も楽しかった。今日初めて出会ったばかりなのに、とても。

「すみません。ごちそうさまです」

さやかちゃんのことは、忘れるべきではないと思う。人の死をそんなに簡単に考えるのは嫌だ。

けれど、どこかで消化してこれからもまた働かなければならない。新しい患者は、次々とやってくるのだから。

高原先生と話して、少し冷静になれた。

彼は会計を済ませ、駐車場に向かいながら口を開く。

もうすっかり辺りは暗くなっていた。

「医者って、金持ちでふんぞり返ってなんて印象があるかもしれないけど、研修医は寝る暇もないほど忙しくて。休みもほとんどないし、すぐ呼び出される。家も寝に帰るだけなんだ」

私たちは終業時間が過ぎれば帰ることができるが、先生たちはそういうわけにはいかない。目の前に苦しんでいる患者がいれば、時間だからと切り上げられないし、患者対応が終わったあとに残ってカルテを打ち込んでいる先生も多い。

「だから、飯もすごく適当。医者のくせに、不健康だよな」

高原先生は、口角を上げて苦笑している。

病院の勤務医、特に研修医が過酷な労働を強《し》いられているのは噂には聞いていた。そして、壮絶な戦いをしている現場を目の当たりにして、本当に大変な仕事だと改めて感じた。

「だから誰かと笑いながら飯を食ったなんて、久しぶり」

まだ配属されて五日目だけど、毎日緊張続きで、肩の力を抜くときがなかった。実際に命に対峙《たいじ》している先生たちは、もっともっと気を張りつめているはずだ。私と食事をともにすることで少しでもリラックスできたなら、こんなにうれしいことはない。

それに……さやかちゃんのことで落ち込んでいた私を励まそうとして誘ってくれたに違いなく、その心遣いもありがたい。

「先生。ありがとうございました。とても楽しかったです」

今日は、高原先生に救われてばかりだ。

彼は返事の代わりに、私の頭をポンポンと叩く。

大きくて男らしいその手は、もう震えてはいなかった。

「松浦って、門限あるの？」

再び車に乗り込むと、彼はエンジンをかけた。

「いえ、ひとりなので……」

「ひとり暮らしか。実家はどこ？」

実家と聞かれて少し困る。

「実家は、ないんです」

「ない？」

ギアに手をかけた高原先生は、ハッと私を見つめる。

「はい。両親は離婚していて、父にはすでに別の家庭があります。看護師だった母がひとりで私を育ててくれたんですけど、四年前に癌で……」

そう告白すると、彼はしばらく黙り込んでなにかを考えている。

「……ごめん。余計なこと聞いた」

「いえ、大丈夫です。もう立ち直ってますから」

私は精いっぱい明るい声で返した。

たったひとりの家族を亡くしたときは落ち込みもした。けれど、この道を志したのは母のことを誇りに思っていたからだし、私のために命を削ってギリギリまで働いてくれた母に感謝している。

「松浦、今日もひとりなのか」

「そうです。でも、もう慣れましたよ」

「今日はダメだろ」

ピリッとした声に、一瞬目が泳ぐ。

どんなに平静を装っても、さやかちゃんの死に胸が押しつぶされそうになっていることがバレているんだ。

彼と話すことで気が紛れているものの、血だらけのさやかちゃんの姿が何度もフラッシュバックする。そして、呼吸の整わない汗だくの高原先生の姿も……。

私はなんと答えたらいいのか思いつかず、口を閉ざした。

「松浦って、酒飲める人？」

しばらくして沈黙を破ったのは、高原先生だった。

「甘い物を少しだけなら」

「女の少しって信用できないからなぁ」

重い空気を打ち破るように笑みをこぼす彼は、コンビニの駐車場に車を停める。

「なにがいい？」

「はいっ？」

「だから、お酒」

まさか、買って飲もうということ？

「車だから飲みに行けないし、鈴をつけられちゃってるから、あんまり飲めないんだけどさ」

高原先生はスマホを指差す。

そういえば、食事の間もスマホはテーブルに置いてあった。病院から呼び出されるかもしれないということか……。

彼が車を降りようとするので、慌てて止める。

「本当に大丈夫ですから。適当に駅で降ろしてください」

これ以上、迷惑をかけられない。私は明日の休みを保障されているが、彼はそうではない。

「けど、このままじゃ眠れないだろ」

私を諭《さと》すような言葉に、目を見開く。

そう。彼の言う通り、さやかちゃんのあの姿を見てしまった今日は眠れそうにない。

「図星だな。こういうときは甘えればいい」

なにも言い返せない私に高原先生は優しく微笑み、車を降りた。

慌てて続くと、店内に入ってカゴを持った彼は奥の棚へと足を進める。

「これでいい?」

高原先生は甘そうな酎ハイやカクテルをいくつか選ぶと、お菓子もポンポンかごに放り込み、レジに向かう。

「先生、あの……」

「どうした? これ、嫌い?」

「いえ……」

『甘えればいい』と言われたものの、本当にいいのだろうか。

そんなことを考えているうちに、支払いが済んでしまった。

「行くぞ」

「ど、どこに行くんですか?」

「あ、俺の家」

俺の家、と聞こえた気がするんだけど……。

唖然《あぜん》として固まる私に「なにしてる」と声をかけてくる。

「大丈夫。弱ってる女に手を出すほどひどい男じゃないし。多分」

多分、って……。

「お前のこと、ほっとけないんだ」

柔らかい声でそう言われて、さやかちゃんの死を知ったとき抱きしめられた温もりがよみがえる。

「いいから、乗って」

ほんの少し微笑んだ彼は、再び助手席のドアを開けてくれた。

車が走り出すと、道路沿いに咲いている桜の花びらが風にあおられて空に舞っている。その様子があまりに幻想的で、目を奪われた。

「きれい」

「この瞬間だけのために、桜は一年準備し続ける。寒い冬のあとには、必ず春がやってくると信じて」

ハンドルを握る先生は、前を見据えたまま囁く。

私は『寒い冬のあとには、必ず春がやってくる』という言葉に、大きくうなずいた。

もしかしたら、彼も同じような気持ちで医師をしているのではないだろうか。

休みも保障されていない大変な仕事だけれど、必ず助かる命があると信じて。

しかし、残念ながらなんらかの理由で次の年は咲かない枝もある。

さやかちゃんの姿がまた頭に浮かんで、うつむいた。


高原先生の住むマンションは、病院から車で十五分ほどの場所にあった。

病院からさほど遠くないのは、きっと呼び出されたときにすぐ駆けつけられるようにだろう。

駐車場にはずらっと高級車が並んでいて、エントランスの床も大理石でできている。

「なにやってるの？　入れば」

「お、お邪魔します」

エレベーターで最上階の十階まで上がり、ドキドキしながら広い玄関に入る。

促されてまっすぐ続く廊下の先にある部屋に足を踏み入れると、そこは二十畳ほどあるリビングだった。先に入った高原先生は、もう冷蔵庫を開けている。

「適当に座って」

彼は革張りの黒いソファを私に勧める。

緊張しながら辺りをキョロキョロ見回していると、さっき買ったカクテルとグラスを持ってきてくれた。

「どれにする？」

「あっ、あのっ……」

この部屋に入った瞬間から、胸がドクドクと激しく打ち始めて今に至る。

男の人の部屋でふたりきりでお酒を飲むなんて、やっぱり……。

「大丈夫だよ。襲ったりしない。職場の同僚にそんなことしたら、クビだろ」

「……はい」

それはそうだけど。

「あーでも、小谷は気をつけろ。アイツはいいヤツだけど、女癖だけはどうも」

私の緊張をほぐそうとしているのかもしれない。彼はクスクス笑い、「俺はこれ」とコーラを手にした。

お酒、飲まないの？

不思議に思い首を傾《かし》げると、「心配な患者がいてね」と私のグラスにカクテルを注ぎ始めた。

「先生、私もジュースで」

別にお酒が大好き、というわけじゃない。

「いいから、松浦は飲め。酒に溺れるのはよくない。だけど、時々頼るのは悪くないんじゃない？」

「ありがとうございます」

たしかにちょっと酔いたい気分だった私は、彼の厚意をありがたく受け取ることにした。

「リラックスして。俺もダラッとさせてもらうから」

「はい」

高原先生はソファに深く座り、まるでモデルのような長い足を組んだ。

とはいえ、初めて来た家でリラックスするのは難しい。

それでもお言葉に甘えてグラスを手にすると、彼が「お疲れ」とグラスを合わせた。

「お疲れさまです」

「なにもないけど、遠慮しないで」

彼はコンビニの袋からいくつかのお菓子を出した。定番のポテトチップス、柿の種、そしてチョコレート。辛い物から甘い物までそろっている。

「松浦、なにがいいかわからないからさ」

で申し訳ない。

本来ならドクターを支えるのが私の仕事。それなのに、気を使ってもらってばかり

「すみません」

「そんなに固くならなくていいよ。ここは病院じゃない」

そのとき、スマホの着信音がけたたましく鳴り響き、彼の表情がキリリと変わった。

「高原です。——はい。その患者なら、もう一アンプル追加して」

しばらくすると電話は終わった。病院からの呼び出しかと思ったが、電話での指示だけで済んだようだ。

けれど……高原先生にとっては束《つか》の間《ま》の休息なのに、邪魔しちゃいけない。

「やっぱり私……」

「帰るとか言うなよ」

「でも、先生はやっと休めるのに。私はひとりでも大丈夫ですから。甘えてしまってごめんなさい」

グラスを置き立ち上がると、私の手首をサッとつかんだ彼は、真剣なまなざしを注ぐ。

「大丈夫、じゃないよな。言っただろ、我慢しなくていいって」

「先生……」

つらいときの優しい言葉は、心に染みる。

泣いてはいけないと自分にセーブをかけても、勝手に涙があふれた。

「ごめんなさい。私……」

高原先生の言う通り、ちっとも大丈夫なんかじゃない。

頬にこぼれた涙を慌てて拭うと、つながれたままの手が引っ張られ、いつの間にか彼の胸の中にすっぽりと包まれていた。

「大丈夫だ。俺も今日はひとりでいたくない」

「えっ？」

私は、仮眠室で彼の手が微かに震えていたのを思い出した。

「いいから。今は黙って泣け。胸貸してやるから」

もう、止まらない。止めることなんてできない。

さやかちゃんという小さな命が消えてしまった現実を、受け止められない。そして母を亡くした経験からか、さやかちゃんのお母さんの気持ちもズドンと胸に突き刺さって苦しい。

「先生、私……」

彼の大きな手が、私の頭を優しく撫でる。

「泣いてもいいんだ」

私を抱きとめる手に、力がこもった。

温かい。高原先生の腕の中は、まるで母親のお腹の中のように、私を丸ごと包み込んでくれる。

彼のシャツをギュッと握り、声を殺して涙を流す。その間、彼はひと言も発することなく、ただただ私を抱きしめ続けた。

「すみません」

仮眠室のときよりずっと長く泣いていたと思う。やっと気持ちが落ちついたので離れる。

しかし、顔を上げることができないでいると、高原先生は大きな手で私の頬を包み込み、優しく涙の跡を拭いてくれた。

「今日は、よく頑張ったな」

「……はい」

思いきり泣かせてもらえたからか、ほんの少しだけ心が軽くなった気がした。

それから洗面所を借りて、取れてしまった化粧を簡単に直してから部屋に戻ったのに、高原先生の姿が見えない。

不思議に思い室内を見回すと、一瞬、頬を冷たい風が駆け抜けた。

窓が開いているんだ。

カーテンの陰になっていて見えなかったが、彼はベランダにいた。柔らかい月の光に照らされながら静かに目を閉じている姿に見惚《みと》れてしまう。

私も窓に近づいて、夜空を見上げた。

「あっ、満月」

「あぁ」

深く息を吸い込むと、ほんのり冷えた空気が肺の隅々まで染み渡る。

「なぁ、松浦。俺たちは所詮《しょせん》無力なんだよ。誰も死なせないくらいの気持ちで医者になったのに、全部の命を救うなんてできないんだ」

静かに口を開いた彼は、苦しそうな顔をして唇を噛みしめる。

人には寿命がある。すべての命を救うのはどうしたって無理。

けれども、他の先生に止められても心臓マッサージをやめなかった高原先生は、精いっぱい役割を果たしているはずだ。

「俺は、一生懸命人の死に慣れようとしてきた。それができない自分は弱いと思ってた。でも、松浦が泣いてるのを見て、そうじゃないと気がついた。慣れる必要はない。真正面から死を受け止めないといけないんだって」

私も病院で働くには人の死に慣れる必要があるのかと愕然《がくぜん》とした。しかし、彼が言うように、〝慣れる〟のではなく、亡くなった人の無念とご家族の悲しみを〝受け止める〟という過程が必要なのだろう。

「まだまだ力不足だけど、ちゃんとそういうことも背負っていけたらと思ってる」

満月を見上げる彼は、さやかちゃんの安らかな眠りを祈っているはずだ。

私もそうだから。

高原先生の気持ちを聞いて、このままでいいのかもしれないと胸を撫で下ろす。

「先生の気持ちは、さやかちゃんに届いていると思います」

「そうだといいな」

「はい」

自分の手からスルリとこぼれ落ちた命は、想像を絶するほど重かったに違いない。

医療の最前線に立つ医師の責任の大きさを改めて考える。

「でも、悲しい感情を全部受けとめそうな松浦が心配だ。少しは気を抜け」

「……はい」

けれど、あの緊迫した現場でどうしたらそれができるのかわからない。

「といっても、できないか」

「えっ？」

「それが松浦なんだろうな」

高原先生と交わした言葉はまだ数少ない。それなのに、ここまで理解してくれるとは思ってもいなかった。

「けど、いつでもここ貸してやるから。我慢するなよ」

胸を叩く先生は、優しく微笑みながら私の頭をクシャッと撫でる。

冷たく凍りそうだった心を温めてくれる彼の言葉は、今の私にはなによりも必要なものだった。

「さて、飲むぞ！」

コーラのくせに飲む気満々なのがおかしい。しかし、私の気持ちを持ち上げようとしているのがわかって、部屋に戻ってグラスに手を伸ばした。

それから私たちは、他愛もない話をたくさんした。

「先生、いつもなにを食べてるのー？」

使った形跡のない、しかし立派なキッチンを見て疑問に思った。

「コンビニ弁当か、カップラーメンだな」

「えー、栄養偏《かたよ》っちゃうよぉ。お医者さんのくせにぃー」

あれ、舌がもつれてうまく話せない。

「俺、作れないから。作ってくれる人もいないし」

「仕方らいなぁ。私が作ってあげる」

ポテトチップスを口に運ぶ先生が、ククッと笑う。

「なぁに?」

「お前、もう酔ってるの? キャラ違うし」

「酔ってなんか、な……い」

と言いつつも、頭がふわふわして自分がなにを話しているのか把握できない。

お酒は飲めるが、決して強いわけではない。おまけに緊張の連続で疲れ切っていた
私は、あっという間に酔ってしまったようだ。

「そういうのを酔ってるって言うんだよ」

「あれー先生、それなんれすか?」

「ウーロン茶だ」

「……ウーロン」

先生はコーラを飲んでいたはずで、それは病院からコールがあるかもしれないからで……。

順序だてて考えようとしたのに、どうやら無理。頭が考えることを拒否している。

「酔っ払った松浦って、なんかかわいいな」

「なにぃ？」

「なんでもないよ」

肩を震わせる彼は、ウーロン茶を口にした。

「松浦は、外で飲むの禁止」

「なんでー？」

「危ないだろ」

危ないって、なにが？

うまく働かない脳は、彼の言葉を呑みこめない。

「危なくなんかないもん」

「まったく」

「えっ……」

一瞬、彼の怒ったような顔が視界に入ったと思ったら、今度は天井が見える。

私、押し倒されてる……？

私の手首は高原先生に強く拘束されていて、少しも動けない。

「逃げられないだろ」

覆いかぶさってきた彼は、真剣な瞳で私を見下ろす。

途端に胸をわしづかみにされたように苦しくなってしまった。

「こうやって男に襲われちまう。いいか、絶対に外では飲むな」

唖然としながらも小さくうなずく。

すると、彼は手を離した。

ショックで動くことすらできないでいると、起き上がらせてくれる。

「怖がらせてごめん。でも、松浦が煽《あお》るから悪いんだぞ」

「ごめんなさい。もう飲みません」

一瞬にして酔いがさめ、自分のしたことが恥ずかしくなる。

「飲みたければ俺がまた付き合ってやる。わかったか？」

怒っているのかと思ったのに、私の頭を撫でた彼の声はとても優しかった。

「はい」

「素直でよろしい。もう今日はこのまま寝ろ。そばにいてやるから」

それから記憶がプッツリと途切れた。


――痛っ。

カーテンの隙間からチラチラと差し込む光に、自然と目が開いた。

頭がガンガン痛み、こめかみを押さえながらベッドから起き上がると、見慣れない光景に呆然とする。

ここ、どこ？

「あー！」

昨日、高原先生の家にお邪魔してカクテルを飲んで、それから……どうしたんだろう。まさか、ここは彼の家の寝室？

「どうして⁉」

布団から出ようとして自分の姿に驚く。身につけているダボダボのジャージは、きっと高原先生のものだ。でも、着替えた記憶がまるでない。

まさか、彼が着替えさせてくれたの？　いや、それより……高原先生と、シちゃった？

なにも覚えていないくせに、一瞬、私を見下ろす彼の顔が頭の中でフラッシュバックした。

罪悪感でいっぱいのまま、閉められていた寝室のドアを開けて廊下に出た。けれど、人の気配がない。

高原先生は?

無性に喉が渇いてキッチンに行ったが、ここにもいない。水を飲もうと水道をひねると、キッチンのカウンターの上に無造作に薬が一錠置いてある。

カロナールって、たしか解熱鎮痛剤だったような。

薬の隣には私のスマホ。いつの間に、バッグから出したんだろう。

スマホを手に取ると、隅の小さなランプが光っていて、メールを受信していることがわかった。ロックを解除してみると、見知らぬアドレスからメールが来ている。

【おはよう。病院から呼び出しがあったから行ってくる。今日はそのまま日直だから、悪いけど玄関のカギを閉めてポストに入れておいて。多分二日酔いしてるだろうから、薬を置いとく。それから、昨日の約束忘れるなよ】

これ、高原先生からだ。

どうしてアドレスを知っているの? スマホにはロックをかけてあるので、勝手に

は見られないはず。とすると、私が教えたの？　それに、約束ってなに⁉

まずい。まったく覚えてない。こんな失態、生まれて初めてだ。

とにかくこのズキズキ痛む頭をなんとかしようと、薬を飲むことにした。

しばらくソファでボーッとしていると薬が効いてきた。それと同時に、激しい後悔が襲ってくる。

どうしよう……。いくら落ち込んでいたとはいえ、男の人の部屋で酔っ払って寝るなんて。

──やっぱりエッチしちゃった？

私はいまだに男性経験がない。初めてのときは痛いと耳にしたけれど、違和感すらないということは、やっぱりシてない？

でも、高原先生が寝そべる私を切なげな瞳で見下ろしている光景がどうしても頭に浮かぶ。

結局なにも思い出せないまま、きちんとたたまれてあった自分の服に着替え、部屋を出てカギをポストに放り込んだ。

「はぁー」

「なに、都。朝からため息？」

月曜に出勤すると、更衣室で出くわした那美が私の顔をのぞき込む。

「なんでもないよ」

まさか、金曜の失態を言えない。

高原先生とはあれから会っていないし、メールも怖くてできなかった。会って真相を確かめたいような、確かめたくないような……。

「そう？　なんか顔色悪いよ？」

「平気よ、平気。さて、今日も頑張ろう」

なんとか那美の追及をかわして、更衣室を出た。

救急外来は更衣室から遠い新館にあるため、長い渡り廊下を通って向かわなくてはならない。その間、何人もの先生たちとすれ違った。

「あっ……」

私が思わず足を止めたのは、反対側から検査データらしきものに視線を落として歩いてくる高原先生を見つけたからだ。

どうしよう……。どんな顔をして会ったらいいのか。

しかし、隠れるところもない。

ここで引き返すのはあまりに不自然だと思い、思いきって歩きだした。

彼は相変わらず手元の書類に視線を落としたままで、私の横を通過していく。

気づかれなかった！と思ったのも、束の間。

「今、隠れるところ探しただろ」

背中越しに聞こえるのは、間違いなく高原先生の声。再び立ち止まらないわけにはいかなくなった。

「あ、あの……すみませんでした」

彼の顔を見るのが怖くて、振り向きざまに頭を下げる。

「なにが？」

「私、なにも覚えてなくて……。そのっ、なにか変なこと言ったり……」

「やったり？」

「やったり⁉」

「声がでかい」

あぁ……やっぱり私……。

「松浦っておもしろいな。安心しろ、お前が想像してるようなことはなにもない」

ホント、に？

顔を上げて高原先生を見つめると、クスクス笑っている。

「でも私、着替えていて……」

「あぁ。それはお前が突然服を脱ぎだすから、着替えを出してやったんだ。俺はいっさい触ってないぞ？」

彼はなにかを思い出したのか、含み笑いをしている。

「記憶がないくらい酔ってるのに、ちゃんと服をたたむんだな」

あれ、自分でたたんだんだ。いや、待てよ？　ということは、着替える姿を見られたということ？

「あぁ……」

落胆のあまり、ため息が出る。

他人《ひと》さまにお見せできるようなナイスバディではもちろんないし、これから仕事で何度も顔を合わせる高原先生に裸まで知られているとは、ちょっとした拷問だ。

「あ、少ししか見てないから。慌ててドア閉めたし。それに、職業柄慣れてるから、女の下着姿くらいじゃ驚かないさ」

職業柄慣れてるとなぐさめられても、当然私は見られることに慣れていないわけで。どうしよう。やっぱり恥ずかしすぎる。

「あぁっ、あの……それじゃあ、私の上に覆いかぶさったりしてないですよね」

どうしても浮かぶあの光景を払しょくしたくて聞いてみる。

「それは、どうだろうな」

否定、しないの？

予想に反して言葉を濁されるので、ますます焦る。

「それじゃあ、俺これから外来だから。あ、松浦。お前、顔赤いぞ」

私を茶化す高原先生は、白い歯を見せたあと再び歩きだした。

もしかして、からかわれてる？

「いけない、遅刻する」

今は気持ちを切り替えて、仕事に集中だ。


「都、おはよ」

救急外来に行くと、ほぼ毎日顔を合わせて仲良くなった、看護師の内藤《ないとう》さんがカルテチェックをしていた。

彼女は二年前からこの病院に勤めていて、なかなかの情報通。知らないことをいろいろ教えてもらっている。

「おはようございます」

「今日は、小谷先生と、酒井《さかい》先生かぁ」

「私、酒井先生にお会いするの初めてです」

酒井先生は、消化器内科の女医だということは聞いているが、初対面になる。

「あとで紹介してあげるよ。小谷先生や高原先生と同じ後期研修二年目の先生だよ。すごくきれいな人なの。物腰も柔らかだし」

私は酒井先生のことよりも、高原先生の名前が出たことに反応して耳が熱くなった。

「おはようございます」

そこに、いつも元気な小谷先生が入ってきた。相変わらず声が大きい。

「おはようございます」

「おはよー。今日もかわいいね。おふたりさん」

「今日も口がなめらかですねぇ、小谷先生」

さすが内藤さん。あしらい方もうまい。

こんなに軽薄そうに見える小谷先生も、一度診察室に入るとまるで別人のように医師の顔に豹変《ひょうへん》するから驚きだ。

「もしかして当直明けですか?」

「そう、ビンゴ。疲れてるからいたわってね」

内藤さんに聞かれた小谷先生は、右手で自分の左肩を揉《も》んでみせる。

「あっ、そうですか」

「相変わらず冷たいね、内藤ちゃんは」

当直明けだというのに、このテンションの高さには驚愕《きょうがく》するばかり。いや、当直明けだからこそなのかもしれないけれど。

「おはようございます」

次にやってきたのは、初めて見る女医さんだった。おそらく酒井先生だろう。内藤さんの言っていた通り、美人という言葉がぴったりだった。透き通るような白い肌に、大きな目。少しウェーブのかかった長い髪をひとつに束ねている。大人っぽい雰囲気で、あか抜けない私とは大違い。

「あっ、都。酒井先生だよ」

内藤さんも気づいて私に紹介してくれる。

「受付の松浦都です。よろしくお願いします」

「初めまして。酒井です。これからよろしくね」

とても柔らかい口調。身のこなし一つひとつが余裕のある大人に見える。

「ほんと、美人」

酒井先生が奥のスタッフルームに行ってしまうと、ため息が漏れた。

「だよねー。患者さんたちの間でも大人気なんだよ」

カルテチェックを続ける内藤さんは、時々私の話に相槌を打つ。

女の私から見ても魅力的な人だもの。当然だ。

「ここだけの話、高原先生と婚約してるっていう噂があるんだよね。美男美女でお似合いじゃない？」

高原先生と婚約？

内藤さんの言葉に、なぜか胸が締めつけられる。

どう考えたって絵になるふたり。恋人同士だと言われてもうなずける。

でも、なんとなく気分が沈むのがどうしてなのかわからなかった。

揺れ動く心

それから受け入れた患者は不整脈が出ていて、酒井先生が診察することになった。

「松浦さん」

忙しそうにパソコン入力をしている加賀さんが、私を呼んでいる。

「はい」

「この患者さん、昨日外科にかかってるんだけど、IDカードを忘れて帰ったみたいなの。多分外科外来にあるから、探してきてくれない?」

「わかりました」

患者の名前を検索して個別番号を確認すると、すぐに外科外来へ向かった。

「すみません。救急です」

外科外来の事務員に、IDを探しに来たことを伝える。

「ごめんなさい。今、手が離せなくて。診察室の奥にスタッフルームがあるから、そこ探してみてくれない?」

外科はすさまじい数の人であふれていた。これだけの患者をさばいている先生たちには、本当に頭が下がる。

五診まである診察室はそれぞれ壁で区切られているが、ドクターやナースが行き来するために奥は通路でつながっている。私はそこを通りスタッフルームを目指した。

一診は小柴《こしば》部長。心臓血管外科を専門としていて、我が病院の外科のトップに君臨する看板ドクターだ。

なんでも神の手を持つ人らしく、遠くから小柴部長目当てに来る患者さんも多い。週二回しか外来を持たない部長に患者が押し寄せるのは必至で、今日は特に忙しいんだと納得した。

二診は、戸塚《とづか》先生だったかな？　救急に呼ばれてきたことのある、四十代の先生だ。

四診を通り過ぎようとしたとき、隣の五診から子供の泣き声が聞こえてきた。

「大丈夫だよ。すぐに済むからね」

高原先生？

五診をのぞくと、イスに座って顔をゆがめる子供を必死になだめる彼が、処置に必要な医療材料が置いてある器械台に手を伸ばして、なにかを探している。

困ってる？

しかし、かたわらにいるはずのナースも今は姿が見えない。

幼稚園児くらいのその男の子は手をケガしていて、縫合《ほうごう》処置してあるのが見えた。先生が探しているのは……多分、消毒液だ。救急で内藤さんたちの処置を見ていたので、どうすればいいのかわかった。

私たち資格のないものがこうした処置に関わることは許されないとわかっていたけれど、今にも逃げだしそうな子をなんとか落ち着かせようとしている彼を放っておけない。

私はナースが普段やるように、鑷子《せっし》――いわゆるピンセットに消毒液のついた綿を挟んで、高原先生の手に握らせた。

消毒液は当たりだったらしく、彼はこちらを振り向くことなく処置を続けている。

「ガーゼ」

ええっ？　どの？

私をナースだと勘違いしている彼は、「よく我慢できたね」と子供を褒めながら指示を出してくる。

でも、ガーゼはいくつも種類があってどれを指定しているのかわからない。そのうちなかなか差し出されないことにしびれを切らせたのか、彼はやっと振り返った。

「あ……」

私の姿を確認して、目を丸くして驚いている。しかしすぐに「そこの右側の取ってくれる?」と指示が来た。

「は、はい」

どのガーゼかわかった私は、再び鑷子に挟んでガーゼを差し出す。

「ありがと。助かった」

けれど……消毒の処置が終わっても、子供は激しくしゃくり上げていて一向にやむ気配がない。

きっと心細くて不安なんだ。痛くて泣いているわけじゃない。

そう感じた私は、男の子の治療されてないほうの手をそっと握った。

「大丈夫だよ。この先生はすごく上手なの。君の手も、すぐ治してくれるよ」

そう口にしてにっこり笑ってみせると、さっきまでの泣き声はどこにいったのか、ピタリとやんだ。

「すみませんでした」

そこへ、二歳くらいの女の子を連れたお母さんが駆け込んできた。

「トイレ、間に合いましたか?」

「はい、ありがとうございます」

お母さんが付き添っていないことを不思議に思ったが、下の子のトイレだったんだ。

「きちんと消毒できました。いい子でしたよ」

高原先生が頭をグリグリ撫でると、男の子はやっと笑顔になった。

「三日後に予約を取ってください。この調子ならおそらく抜糸になります。お大事に」

私は高原先生の声を聞きながら、そっとその場を離れた。


その日は、救急車も少なく比較的穏やかだった。

私たち事務員は、空いた時間にナースの手伝いで材料の補充をすることもある。

「松浦さん、ごめん。これ、倉庫から取ってきてほしいんだけど」

初療室の片付けをしているナースの代わりに、足りなくなった医療材料が書き出されたメモを片手に、倉庫へ向かった。

医療材料の受け取り場所は、オペ室のすぐそばにある。ちょうどオペ室前を通りかかったとき、ドアが開いてストレッチャーに乗せられた患者が出てきた。

点滴をつながれて麻酔で眠っている患者は、迎えに来ていた病棟ナースに引き渡される。

すぐそのあとから小柴部長が現れて、ご家族に「成功ですよ」と笑顔を見せた。

小柴部長に続いて出てきたのは、麻酔科の先生と、外科の先生がふたり。そして、オペ着を汗でびっしょりに濡らした高原先生だった。

「高原、なかなか腕が上がったな。その調子で頑張りなさい」

患者と家族が病棟に向かうと、小柴部長が高原先生をねぎらっている。

「はい。ありがとうございます」

頭を下げる高原先生の表情は、褒められているのに冴えない。疲れているのだろうか。

小柴部長と他のドクターが行ってしまうと、高原先生はオペ着のまま廊下のベンチに座り込んだ。

「先生？」

声をかけていいものか迷った。でも、彼の顔がつらそうに見えてどうしても気になる。

オペは成功だと言っていたのに、どうしてそんな顔をしているの？

「松浦か。お前なんでここにいるんだ」

「材料を取りに」

「そっか」

そのまま通り過ぎようとしたけれど、高原先生が気になって足が進まない。

「大丈夫、ですか？」

永遠に続くハードワークが限度を超えているのかもしれない。

「松浦に心配されるなんて、俺も落ちぶれたな」

「それはそれは、失礼しました」

茶化したような言い方なのに、目はうつろなままだった。

「オペ、成功されたんですね。おめでとうございます。ですが、先生の体が心配です」

さやかちゃんが亡くなったとき彼が私を救ってくれたように、私も高原先生を元気づけたい。

「ありがとう。大丈夫だよ」

「でも……」

口を開いてから後悔した。大丈夫には見えなかったが、彼がそう言うならこれ以上踏み込んではいけない気がしたからだ。

けれど……。彼は天井を見上げて大きなため息をついたあと、重い口を開いた。

「オペが終わるといつも頭が真っ白になっちまう」

心臓血管外科医を目指している高原先生は小柴部長に師事している。その分野で第一人者の小柴部長のところには難しい症例が多く集まるため、オペは難しいことが多いらしい。そのため、オペ中に心肺停止に陥ることも珍しくないと聞く。

まだ経験が少ない彼は、毎日ギリギリのところで働いているのかもしれない。

「それは、全力を尽くされたという証《あかし》ですよ」

小柴部長はあんなに褒めていた。たとえオペのあと精神的にヘトヘトになってしまったとしても、それはすべての力を出し切ったからで、決して悪いことじゃない。

高原先生の技術は、研修医の中ではずば抜けていると耳にしたことがある。

しかし、彼の目標はもっと高いところにあるのだろう。だからこうして全力でぶつかり、必死に患者を救っている。

〝未熟だから〟で済まされない現場は、きっと過酷。でも、最初は誰だって未熟なのだ。それでも現場に立ち続け、腕を磨くしかないのもまた事実。

「松浦、ありがとう。焦ってても仕方ないのはわかってるけど、小柴部長があまりにすごすぎて……」

「小柴部長も突然オペができるようになったわけじゃないと思います」

「それもそうだ」

今や神の手を持つ部長も、研修医だった時期を乗り越えてきているのだから、焦る必要はない。

「松浦。三分、時間ある？」

高原先生は前に立つ私を手招きして隣に座るように促すと、意味のわからないことを言い出した。

「三分くらいなら……」

「ちょっと貸してくれ」

「はっ？　えっ!?」

彼は突然、私の膝に頭をのせて横たわり、目を閉じる。

「先生？」

「充電、させて」

「充電って……」

こんなことで充電ができるの？

彼はそれきり黙ってしまい、ただ規則正しく繰り返される呼吸音だけが静かな廊下に響き渡っていた。


終業時間が近づくと、高原先生が救急にやってきた。

彼はあのあと、ちょうど三分くらいで目を開き、『充電完了！』と言いながら立ち上がった。

一方、私は元気を取り戻した彼とは対照的に、本当に電気を分けてしまったかのようにヘトヘトになっていた。距離が近すぎて心拍数が上がってしまったからだ。

「よろしく……って、松浦は終わりか」

疲れ切って目を閉じていた彼とは別人のように、背筋がピンと伸びている。

「高原先生、もしかして当直ですか？」

「そうだけど」

当たり前の顔をしてサラッと言うが、外来にオペに……本当に高原先生の体が心配になる。

「もしかして心配してくれてる？　大丈夫。充電したから」

再び〝充電〟という言葉が飛び出したせいで、膝枕をしたことを思い出してしまった。

耳が熱くなるのを感じた私は、まともに彼の顔を見ることができない。

「日勤の外科は小谷か？」

「はい。今、初療室で縫合中です」

先生たちも引き継ぎだ。

「のぞいてくる」

初療室に向かいかけた彼は、一旦立ち止まり、少し身をかがめて私の耳元に口を寄せる。

「さっきは助かった」

ハッとして彼の顔を見上げると、「お疲れ」と初療室に消えていった。

助かった、のかな？　ただ膝枕をしただけなのに。

それから夜勤帯の事務員と引き継ぎを終えたのは、十五分ほどあとだった。

挨拶をして更衣室へ向かおうとすると、初療室のドアが開いた。中から出てきたのは、酒井先生と高原先生。検査データをのぞき込んで、なにか話している。

「あっ、松浦さん。お疲れさま」

「お、お疲れさまでした」

にっこり微笑む酒井先生と、なぜかつっかえる私。

「松浦、飲みすぎるなよ？」

「えっ……飲みませんから！」

思い出させないで！

高原先生のちょっとイジワルな冗談に思いきり動揺する私は、酒井先生のような大人の女性になるにはまだ早いらしい。

しかし、酒井先生と仲睦まじい高原先生が、なんとなく遠い人になってしまったような錯覚を感じて悲しくなった。


それから二週間後。朝出勤すると、すぐに一本の電話が鳴った。

「先生、消防から患者の受け入れ要請です」

スタッフルームにいた高原先生に声をかけると、すぐに電話を代わってくれて受け入れが決まった。

けたたましいサイレンがピタリとやむと、戦いが始まる。

「先生、助けてください！」

患者の奥さまだろうか。三十代くらいの女性が、声を震わせながら高原先生にすがりつく。

「最善を尽くします」

「三十六歳男性。突然激しい頭痛を訴えたあと、大量に嘔吐。そのあと意識混濁。救急隊到着時のバイタル――」

高原先生は救急隊員から詳しい状況を聞きながら、初療室に向かう。

「おそらくクモ膜下出血だ。脳外の先生にコール」

すでに準備してあったＩＤを初療室に届けると、ライン確保をしながらナースに指示を出す高原先生は鋭い目をしていた。

高原先生ならきっと助けてくれる。そう思いながら受付に戻ったけれど……。

「心停止！」

「クソッ、持ちこたえてくれ！」

師長の声のあと、高原先生の険しい声。

心臓マッサージが始まった頃、脳外のドクターが走り込んできた。

「嫌ー！　あなた！」

初療室とはドアを隔てた廊下で、やっと歩けるほどの男の子を連れた奥さまの人目をはばからぬ悲痛な叫びに、胸が押しつぶされそうだ。奥さまはヘナヘナと床に座り込み、嗚咽《おえつ》を漏らしている。

「大丈夫ですか？　こちらに」

慌てて駆け寄りイスを勧めたけれど、首を振るばかりだった。

奥さまから離れられなかった私は、一緒に祈る。

しかし、初療室のドアが開いてナースが奥さまを促した。

「お入りください」

そのとき、心臓マッサージを続けていただろう高原先生が見えた。そして、彼が眉間にシワを寄せて唇を噛みしめているのに気がついて、助からなかったことがわかってしまった。

「パパ。パパ」

きっとまだ状況などわかるはずのない子供が、小さな手で力なく垂れ下がった父親の腕を触ろうとする。

胸が張り裂けるというのは、こういうことを言うんだ。

「力及ばず、申し訳ありません。ご臨終です」

脳外のドクターが静かに最期を告げる。そして、スタッフ一同が頭を下げた。

泣き崩れる奥さまと、状況を呑み込めない無邪気な子供。そのかたわらには内藤さんがそっと寄り添っていた。

私はそのまま受付に戻った。しかし、手の震えが止まらない。

すると、初療室とスタッフルームをつなぐドアが開いて……高原先生が戻ってきた。

「松浦。悪いんだけど、薬局行って、これもらってきて？」

先生が差し出したメモには、ごく一般的な消毒薬の名前が書かれている。

それならここにもまだ在庫があるはず……と思ったところでハッと気がついた。

きっと、この空間から私を逃がそうとしてくれているんだ。

「はい」

私はメモを受け取り、救急を飛び出した。

そっと目を閉じると、あの子が無邪気に父親に触れる姿を思い出す。

まだあんなに小さいのに。〝死〟なんて無縁の世界で生きていただろうに。

私は高原先生の言うままに逃げてきてしまった。でもその場にとどまるしかない彼は、今なにを考えているのだろう。

薬局で指示された通りの消毒液を受け取った頃には、少し気持ちが落ち着いているのを感じた。

もう外来の終わっている廊下は人もまばらで、頭を冷やすのにはちょうどいい。

こんな調子で、救急受付が務まるのだろうか。

けれども、不思議と別の科に移りたいとは思わなかった。

大きく深呼吸したあと救急に戻ったが、診察室や初療室をのぞいても高原先生の姿

眠室に向かった。


がない。

「高原先生はどちらに？」

「あれ、さっきまでいたけど」

カルテ整理をしていた中川さんに尋ねると、首を傾げている。

もしかして……仮眠室かも。

彼は以前、私をあそこで休ませてくれたのでピンときた。

私は救急受け入れ要請も来ておらず、仕事が一段落していることを確認してから仮眠室に向かった。

――トントントン。

意を決してドアをノックすると、「はい」という高原先生の声がする。

やっぱりここだ。

「失礼します。あの、これ……」

消毒液なんて初療室に置いておけばいい。けれど、どうしてもお礼が言いたかった。

消毒液を差し出すと、ソファに座っていた先生は立ち上がる。

「ありがとう」

高原先生は視線を泳がせながらそれを受け取り、しばらく黙り込んだ。

沈黙の間も、彼の苦しげな顔に胸が押しつぶされる。

「先生。……先生のせいじゃない」

患者は助からなかった。でも、どれだけ優秀なドクターが診ても結果は同じだったと思う。あんなに長く心臓マッサージを続ける先生は、他にはいない。

「ごめん、松浦。またカッコ悪いとこ見られたな。こんなのが医者だぜ。呆《あき》れるよな」

眉根を寄せてそう吐き捨てる彼を、見ていられない。

「どうして……どうして、そんなふうに言うんですか？　我慢しなくていいと言ったのは高原先生です。先生だって我慢しなくていいのに」

言いたいことがうまく言葉になって出てこないのがもどかしい。

ドクターだって人間だ。人の死に慣れる必要なんてない。

「ありがとう、松浦」

「いえ、私こそ。先生があの場から逃がしてくださったから耐えられました。あっ……」

突然、彼の力強い腕に引き寄せられて……すっぽりと胸の中に収まっていた。

「しばらくこのままでいさせてくれないか？」

私の耳にダイレクトに伝わる彼の鼓動がすごく速い。まるで、心が悲鳴をあげているみたいだ。

そのあと高原先生は黙ったまま私を抱きしめ続けた。

「医者は常に冷静でいなくてはならない。そういう意味では、俺は医者に向いていないのかもしれないな」

しばらくして沈黙を破ったのは、彼だった。

「先生は素人《しろうと》の私から見ても、状況が厳しい患者さんにも最後まで手を尽くされますよね」

医療の世界に首を突っ込んだばかりの私が、こんな偉そうなことを口にするなんてきっと失礼だ。でも……どうしても言いたかった。

「それはお医者さまとして当たり前のことかもしれないですけど、人の死に慣れてしまったお医者さまでは、あそこまではできないと思うんです」

他のドクターに『もう無理だ』と言われても彼は簡単にあきらめない。

彼は私を抱きしめたまま離そうとしない。間近で感じる彼の息づかいに、胸が高鳴る。

「私がもし生死の境をさまようようなことがあれば、高原先生に診てほしいです。先生なら助けてくれる気がする……」

やっと緩められた腕から逃れると、優しく微笑む姿が見られてホッとする。

「最高の褒め言葉だな。ありがとう。松浦には助けられてばかりだ」

助けられただなんて。助けてもらっているのは、私のほう。

そのとき、再び救急のコールが鳴り響き、直後に高原先生のＰＨＳも震えだした。

「はい、高原。――わかった、すぐ行く」

電話に出た彼が、鋭い目を取り戻した。

「交通事故だ。ふたり入るぞ」

「はい」

彼は身を翻《ひるがえ》して部屋を出ていく。私はそのうしろ姿に思わず声をかけた。

「先生！」

「ん？」

「先生なら、きっと助けられる命がたくさんあります」

振り向いた彼は、頬を緩める。

「あぁ、そうだな。行くぞ」

「はい」

交通事故で運び込まれた患者のひとりは軽傷で、簡単な処置で済んだ。

けれどもうひとりは……全身のかなりの範囲に挫創《ざそう》が見られ、骨折も確認された。

テキパキと処置を行い、検査のオーダーを出す高原先生の姿は、仮眠室にいたときとは違う。自分を責めてうなだれていた彼は、たしかに患者を救っている。

私はＩＤを渡しながら、ホッと胸を撫で下ろした。

「お疲れさま」

交代のドクターがやってきて申し送りを済ませた高原先生が、ひと足先に救急から去っていく。

そのうしろ姿がなんだか小さく見えて、胸が締めつけられてしまった。

日勤帯最後の患者情報の打ち込みに時間がかかり遅れて始まった引き継ぎでは、お父さんを亡くした男の子が状況を呑み込めず無邪気にしていた光景が頭をよぎった。

「本日、死亡が一名。クモ膜下出血の男性」

加賀さんがそう口にしたとき、さらに奥さまの叫び声を思い出してしまい、全身に鳥肌が立つ。

「松浦さん、どうかした？」

「えっ、いいえ」

思わずボールペンをギュッと握りしめたところを見られてしまったらしい。加賀さんが私の顔をのぞき込んだ。

「今日はバタバタだったから、ゆっくり休みなさい」

「はい」

終業後は更衣室で他の科の事務員と一緒に着替えるのはいつものことだけど、ワハハと笑い声の広がる空間が苦痛で仕方ない。

笑えない。どうしても。

私はすぐに着替えを済ませ、更衣室を駆け出した。病院を出ると、最寄り駅に向かって走る。

今は誰とも話したくない。病院の関係者たちが一斉に来る前に電車に乗ってしまいたかった。

改札を駆け抜けて、ドアが閉まりそうな電車に飛び乗ると、はぁはぁと息が上がっている。

そこから三つ目の駅が近づくと、高原先生の顔が浮かんで消えない。ここは彼のマンションの近くだからだ。

気がつけば、私は電車を降りていた。そして、緩やかな坂道を一歩一歩踏みしめるように上っていく。

やがて十階建ての立派なマンションが見えると、ハッとした。

私……なにをしているんだろう。先生にまたなぐさめてもらおうとしているの？　それとも、苦しげな顔をしていた彼のことが心配だから？

チラッと駐車場に目をやると、もう車が停まっていた。今日はあのまま帰れたようだ。

彼の部屋がある辺りを見上げたまましばらく呆然と立ち尽くす。

でも、どうしても家を訪ねる勇気は出ず、再び来た道を戻ろうとしたとき、マンションのエントランスに人の気配を感じて物陰に隠れた。

すると、高いヒールをカツカツと鳴らして、スタイルのいい女性が出てきた。

酒井先生だ。

いつもはひとつに束ねている長い髪をなびかせて、体の線をばっちり拾うようなタイト系のワンピースに身を包んでいる。白衣姿ではない彼女はいっそう色っぽく、美しかった。

ため息をつきながら酒井先生の姿を見ていると、高原先生の顔も見える。

「悪かったな」

「いいのよ。ついでだから」

酒井先生は優しく微笑み、マンションの前に停めてあった高級車に乗って去っていく。

その様子を見送った高原先生は、マンション内に戻るのかと思いきや、物陰に隠れている私のほうに視線を向けるのでドキッとした。

「そんなところでなにしてる？」

「えぇっ……」

いつからバレてたの？

「上がる？」

「いえっ、ごめんなさい。帰ります」

これじゃあまるでストーカーだ。

慌てて走り出そうとすると、近寄ってきた彼にギュッと手首をつかまれて目を瞠《みは》る。

「いいから、来い」

「わっ」

なかば引きずられるようにしてエレベーターに乗せられてしまった。

「いつからいたんだ？」

「えっと、ちょっと、前です」

恥ずかしくて顔を伏せる。

「寒くなかったか？」

「えっ？　……はい」

来るべきじゃなかったと後悔していたけれど……心配、してくれたの？

エレベーターを降りると、スタスタ歩いていく高原先生のあとをビクビクしながらついていく。

やがて部屋のドアを開けた彼は、ためらう私を手招きして呼んだ。

でもやはり……酒井先生のような素敵な彼女がいるのに、私が部屋に上がるわけにはいかない。

「すみません、帰ります」

小さく頭を下げてくるっと向きを変えると、彼は駆け寄ってきて再び私の腕をつかんだ。

「冷えてるんだから、温かいコーヒーくらい淹《い》れてやる」

「でも……」

「酔っぱらって寝たくせに？」

それを指摘されると、恥ずかしさのあまり顔から火を噴きそうだ。

「あーっ、もう言わないでください」

「なら、飲んでけ」

「……はい」

強引に『はい』と言わされて入ったリビングは、相変わらず広くてため息が出るけれど、前回とは違い、テーブルの上になにやらたくさんの書類が散らばっている。

「酒井に頼んだんだ。今度の論文の資料」

「そうなんですか」

そんなふうに取りつくろわなくたって、ふたりの付き合いを触れ回ったりするつもりはないのに。

「座れば？」

呆然と立ち尽くしている私に、高原先生はソファを指差した。

ソファの前のテーブルにはふたつのカップ。そのひとつにはうっすらと口紅の跡が。

それを見てズキンと胸が痛むのはどうしてだろう。

しかし彼はそんなことを気にする様子もなく、カップをキッチンに持っていった。

特に用があるわけでもない私がここにいるべきじゃないと感じて落ち着かない。

やがてコーヒーのいい匂いが漂ってきて、再びカップをふたつ手にした先生が戻ってきた。

「松浦はこっちな」

テーブルに置かれたカップの中身は、ブラックコーヒーとカフェオレのようだ。

彼はカフェオレのほうを私に差し出すと、自分もソファに座った。

「疲れたときには、甘いもんだ」

そう言われてひと口飲むと、砂糖がたくさん入っている。

「先生のはブラックじゃないですか」

「俺は大人だから」

「私、バカにされてます?」

笑いを噛み殺している高原先生を見て冗談だとわかっているのに、なぜか胸が苦しい。酒井先生のような魅力的な大人の女性とはほど遠いと指摘されたようで、がっくりした。

それからしばらく黙り込んだ彼は、酒井先生が持ってきたという資料に目を落としながら、コーヒーを飲んでいた。私がここに来た理由を探ろうとはしない。

「松浦といると、落ち着くんだ」

彼は資料から視線を外すことなく、突然ボソリとつぶやく。

「なんでだろうな。痛い場所が同じだからなのか……」

痛い場所って……。

胸の奥のほうにモヤモヤ残る苦しい気持ち。高原先生とは違い、誰かの命を助けることなんてできないくせに、それでもなんとかしたいと思ってしまう気持ち。

それらすべてが見透かされているようで、ハッとした。

「来てくれて、うれしかったよ」

「えっ、あのっ……」

こんなふうに押しかけたことを後悔していた私は、うれしかったという言葉に驚きを隠せない。

「俺も、松浦に会いたいと思った」

酒井先生が来ていたというのに、そんなことを言われるとは思ってもいなかった。

けれど、女として会いたいと思ってもらえているわけじゃない。ただ痛みを分かちあえる職場の人間としてなんだ。

わかっているのに、私、どうしてこんなにがっかりしているんだろう。

それから彼は再び黙り込み資料に視線を落とした。

「すみません、帰ります」

　仕事の邪魔をしてはいけない。

　カフェオレを一気に飲み干して立ち上がると、高原先生は私に視線を向ける。

「まだいいじゃないか。あとで送る」

「えっ？」

　彼が読んでいた資料をテーブルに放り投げるので、唖然とする。

「本当は、ちっとも頭に入らない」

　大きなため息をつく高原先生を見て、私と同じように昼間の叫びを忘れることができないのだと悟った。

「せめて、私の前では強がらないでください」

　我ながら随分大きなことを言ったと思う。でも、彼が私に手を差し伸べてくれたように、私も……。

「先生も人間です。悲しい感情も、つらい気持ちもあって当然です。だけど、隠さなければならないときもありますよね」

　患者や家族の前で泣くわけにはいかない。

「だから、どこかで吐き出してください。私でよければいつでも聞きますから」

彼より弱い私が、こんなことを言ってもなんのなぐさめにもならないと思ったが、彼はとてもうれしそうに微笑んだ。

「ありがとう、松浦」

それから「時間、ある？」と私に聞く高原先生は、もう一度カフェオレを淹れてくれた。今度は彼も同じ、カフェオレだった。

そして、「なにもないけど」と私に差し出したのは、小さな箱に入ったチョコレート。

「松浦って、甘い物好きそうだな」

「えっ、なんでわかったんですか？　あっ、体型？」

「あはは、松浦は痩せすぎだろ」

そんなくだらない会話も、心安らぐ。

母を亡くしたあと、こんなふうに誰かと笑い合ったことがあっただろうか。

専門学校には何人も友達がいたし、那美も大切な友達。そんな彼女たちにも、苦しい胸の内を洗いざらい話したことはなかった。

けれど、どうしてなのか無性に話を聞いてもらいたい。

「私、母を亡くしたとき……この世界に入りたいと思ったんです」

「うん」

彼は突然話し始めた私に驚いているようだった。でも、カップをテーブルに置いて耳を傾けてくれる。

「母は看護師だったので、自分を蝕《むしば》んでいた癌に気がついていたと思います。そして、その治療の行く末も……。オペをしなかったのは、もう手がつけられない状態だとわかっていたからでしょう。それでも泣き言は言いませんでした」

母が癌を患《わずら》っていると私が知ったのは、ずっとあとのこと。それまで母は、ひとりで耐えていた。

高原先生はじっと私を見つめ、視線をそらさない。

「ただひと言。延命はいらない。最期はきれいに逝《い》きたいと私に訴えました」

あのときの母の苦しそうな顔は、今でも容易に思い出すことができる。

「だからモルヒネをたくさん使って、痛みを抑えて……。それでもまだ痛みのほうが強くて、顔をゆがめて……」

「松浦……」

勝手に視界が曇ってくる。それでも話すのをやめられないのは、きっと誰かに聞いてほしかったから。

ひとりで抱えてきたつらい気持ちを、吐き出したかったから――。

「ごめんなさい」

「いい。続けて」

彼は私にティッシュの箱を差し出すと、神妙な面持ちになった。

「最期は息も絶え絶えなのに……幸せだったって言うんです。少しは患者さんの役に立てたかなって、涙をこぼして。でも、私には寂しい思いをさせたね、ごめんねって謝るんです」

ティッシュを取って、涙を押さえる。

「そうじゃないのに。たしかにうちは父がいなかったから、寂しいことはたくさんありました。参観日も来てもらえなかったし、夜勤のある日はひとり震えながら眠ったこともありました。だから、『お仕事辞めて！』と責めたことも」

どうしよう。過去の思い出が一気にあふれ出してきて、胸が張り裂けそうだ。

気持ちを落ち着けようと一度深呼吸すると、不意に抱き寄せられた。初めて出会ったあの日のように。

「全部……全部吐き出せ。ずっとひとりで苦しんできたんだろう？」

彼は本当に外科医なの？　震える心に寄り添う姿は、まるで心療内科医のよう。

私は大きな胸の中でうなずき、再び口を開く。

「でも、わかったんです。そんな母が誇りだったんだって。他の子のようにたくさん遊んでもらったことはなくても、仕事にプライドを持って一生懸命働いている母が大好きだったんだって」

母を失うとわかるまで、私は反発ばかりしていた。けれど、そう気がついたときには、母はもう……。

「だから、母を失ったときこの世界に入りたいと思いました」

「そう、か」

背中に回った手に力がこもる。母を責め続けたことへの懺悔《ざんげ》を彼も一緒にしてくれているような気持ちにさえなった。

「ナースになろうとは？」

「私、血が怖くて……。母が最期に大量の血を吐いて逝ってしまったから」

手の力を緩めて顔をのぞき込んでくる彼は、私の髪を優しく梳《と》いた。

「なのに、救急か」

「はい。最初は嫌でした。でも……今は違います。高原先生に出会えて、命の重みがわかった気がします。本当はまだ怖いんですけど」

彼は今度は私の頭をポンと叩く。

この大きな手が、いつも命をつなぎとめている。

「頑張ってるんだな。俺も負けないように頑張らないと。自分の未熟さに嫌気がさしてばかりいたけど、それでも進んでいくべきなんだな」

今の高原先生の目には力がある。彼なら壁にぶつかりながらも、理想の医療を実現するだろう。

「これからも救えない命もあるかもしれない。でも、できる限りの手を尽くしたい」

「はい」

つらい気持ちを聞いてもらえたばかりでなく、彼を励ませたのなら、こんなにうれしいことはない。

再びカフェオレを口に運ぶ先生は、視線を宙に舞わせて口を開いた。

「俺は……小さい頃体が弱くて、助けられた命のほうなんだ。だから医者になりたいと思った。だけど、想像以上に救えない命があることに愕然とした」

そうだったんだ。今は体型もがっちりしていて、とても病弱だったようには見えない。

「心臓が悪かった俺がこうして生きているのは、オペをしてくれた先生のおかげなんだ。医者の技量で命の行く末が決まるなんて本当は怖い。でも……こんな俺でもいなければ救えない命もあるのかもしれないな」

「そうですよ。私にはできないことが高原先生にはできる。母は助からなかったけど、あのとき手を尽くしてくれた主治医の先生には感謝してます。きっと、母もそうだったと思うんです」

救急は他科に比べると死に至る確率が高い場所。しかも、事故などで予期せぬ死が多い。どの先生も経験を積んで一人前になっていくものだけど、助からない命があることを受け入れるのも使命なのかもしれない。

「松浦、サンキュ。松浦と話すと、いろんなことに気がつける」

「いえ……私はなにも」

それからは取りとめのない話に夢中になり、ふたりで笑い合った。

そのうち高原先生はハッとして時計を見つめる。

「あっ、悪い。引きとめすぎたな。送るよ」

もう二十一時。

会話が心地よくて、こんなに時間が経過していたことに気がつかなかった。

「私こそすみません。ひとりで帰れますから」

バッグを持って立ち上がると、断ったにもかかわらず彼は車のカギを手にする。

「こんな時間にひとりで帰せるか」

彼は強めの口調で私をたしなめる。でも、その心遣いがうれしかった。


「意外と近いな」

電車だと彼の家の最寄り駅から四駅ほどあるけれど、車でショートカットするとあっという間に着いてしまった。

「すみません。ありがとうございました」

車を降りて頭を下げると、彼は助手席の窓を開けて私の顔をのぞき込む。

「松浦」

「はい」

「お前はひとりじゃないぞ？　それじゃ、おやすみ」

頬を緩めた高原先生にそう言われて、ドクンと心臓が跳ねる。

母を失ってから自分の殻《から》に閉じこもって生活してきた。だから、母のことを誰かに話したこともなかったし、聞いてもらいたいとも思ったことはなかった。

それなのに、彼に出会ってからなにかおかしい。あれほど頑丈だった硬い殻が、容易に壊れていく。

車が小さくなっていくのを眺めながら、心にかかっていた靄《もや》が晴れていくのに気づいた。

「先生、ありがとう」

届かない声は、夜の闇に吸い込まれていった。

それからも慌ただしい日が続いた。

梅雨《つゆ》の真っ只中のこの時期は、気温や気圧の変化が激しいせいか、ぜんそくで駆け込んでくる患者も多い。

今日は勤務について早々救急車が二台重なり、スタッフ全員が動きだす。

「小谷先生、IDです」

「サンキュ。師長に空きベッド確認してもらってくれる？　多分入院になるから」

今日の外科は小谷先生。IDを持っていった初療室も修羅場《しゅらば》だった。

「はい。整形でいいですか？」

「うん。そう」

ひとりは、交通事故で骨折の患者さん。専門の小谷先生はテキパキと処置を済ませて、その患者は入院になった。

もうひとりは、一歳半の女の子の熱性けいれん。別の診察室で酒井先生が対応した。

ふたりの処置が終わると、あんなにバタバタと足音が響き渡っていた救急は、打って変わって静かになった。

「はぁ。朝から大騒動だったな」

小谷先生が病棟から戻ってきて、ため息をつく。

「お疲れさまです」

「松浦ちゃん、慣れてきたね」

「はい。ありがとうございます」

最初は加賀さんたちの指示に従うことしかできなかったけれど、自分で気がつけることが増えて、多少は貢献できるようになったと思う。ほんの少し、だけど。

「もー、小谷先生。ちゃんと薬剤名打ち込んでくださいよ。病棟から苦情です」

病棟とのやり取りをしたナースが小谷先生に声をかける。

「あ、忘れてた」

先生たちは、処置だけでなく電子カルテの作成もしなければならない。

「松浦ちゃん。昨日のも抜けてるんだ。悪いけどカルテ表示しておいて」

「はい」

小谷先生は昨日も、学会に行っている別の先生の代わりに救急を担当している。

彼が担当した患者のＩＤを確認してキーボードを叩き始めると、「はぁ……過酷」と大きなため息をついた先生は、コーヒー片手に隣にどさっと座った。

「大丈夫ですか？」

「優しいこと言ってくれるのは、松浦ちゃんだけだよ。皆、働け働けのオンパレード」

クスクス笑う先生は、ブラックコーヒーを口にする。

「お疲れのときは、甘いコーヒーを飲まれては？」

「あはは。松浦ちゃんって、高原みたいなこと言うんだな」

「えっ？」

高原先生の名前が出て、一瞬ドキッとする。

「アイツ、疲れた脳には糖分を、なんていつも言ってるぞ」

高原先生と小谷先生は、同期ということもあり仲がいい。

「小谷先生、早くって病棟が……」

再び病棟から連絡を受けたナースが急《せ》かす。

「はいっ！　ただ今」

小谷先生は歯切れのいい返事をしながらも、ため息をついている。

「私、入力しましょうか？」

「そう？　助かる」

どうやら小谷先生は電子カルテが苦手らしい。本来はドクターが入力しなければならないものだけど、こうして指示をもらいながらなら、大丈夫。

「この患者は、セファメジン――」

「この病名では、この薬は通りませんよ」

「あ、そうだった」

それから溜まっていたカルテの打ち込みはあっという間に終わった。

「松浦ちゃん、すごいじゃん。俺、専属にならない？」

「いえ、すごいわけではありません」

医療事務をしている人なら、誰でもできる。

「松浦ちゃんさー、救急の仕事つらい？」

小声でそう尋ねられて目が大きくなる。

「いえっ」

「慣れてないと、ここがやられちまうだろ？　それなのにいつも頑張ってて偉いぞ」

彼は自分の胸をトンと叩いて、子供を褒めるように言う。

「松浦ちゃんはデリケートっていうか優しいから、患者や家族の苦しみを全部背負ってそうだもんな。そういうところ、すごく好感が持てるけど心配なんだ。つらくなったらいつでも言えよ。松浦ちゃんが泣くのは見たくないから」

「あ、ありがとうございます」

まさかそんなことを言われるとは予想外で、しどろもどろになりながらお礼を言うと、彼は私の肩をポンと叩いてからスタッフルームに向かった。


その日は、幸い救急で亡くなった患者さんはいなかった。

「お疲れさまでした」

すべての業務が終了すると、更衣室へと向かう。

「松浦ちゃん」

「はい？」

うしろから私を追いかけてきたのは、小谷先生だった。

「お疲れ」

「お疲れさまでした。先生、まだあるんですか？」

「ううん。今日は終了。珍しく残業もなし」

「そうなんですね」

病棟は穏やかなようだ。

「ねぇ」

突然、小谷先生が私の前に立ちふさがる。

「どうしたんですか？」

「今日、時間ある？」

「えっ？　まぁ」

特になんの用もなかった私は、不思議に思いながらも返事をした。

「じゃ、決まり」

「なにが、ですか？」

首を傾げると、彼はクスッと笑って隣を歩きだした。

「駐車場の入口で待ってるから」

「駐車場？」

「それじゃ、あとで」

小谷先生は小さく手を挙げると、足早に去っていく。

「小谷先生?」

慌てて名前を呼んだのに、振り向いてもくれなかった。

どういうこと?

更衣室で着替えを済ませると、首をひねりながらも一応言われた通り駐車場に足を向ける。

おそらく、職員駐車場のことだと思うけど……。

キョロキョロ辺りを見回しても、小谷先生の姿はない。

「松浦ちゃん」

すると背後から声がした。

「いたいた。来てくれないかと思ったよ」

白いシャツとジーンズ姿の彼は、薄手のコートを羽織っている。

「いえ、どこだかわからなくて」

職員駐車場といっても広い。どうやらすれ違っていたらしい。

「あっ、そうか。……なあ、デートしない?」

その言葉に目を丸くして固まると、なぜか先生まで驚いている。

「あれ? 松浦ちゃんって彼氏いる? まあいても、俺がいただくけどね」

余裕しゃくしゃくの笑顔で私の顔をのぞき込む彼は、私の手首をつかんで引っ張る。

「食事でもしながら話そうよ」

「えっ……。ちょっと待って……」

強引に引っ張られる手から逃れようと抵抗すると、彼は力を緩めて私に向き合った。

「松浦って、思った通り真面目なんだな」

突然声のトーンを下げた小谷先生に驚き、鼓動が激しくなる。

それに、ずっと〝松浦ちゃん〟だったのに呼び捨てだ。

「もっと雰囲気のいいところで言いたかったんだけど……俺、松浦が好きになった」

私が、好き？

唖然として彼を見上げると、実に真剣な顔をしている。とても冗談を言っているようには思えない。

「救急で、目にいっぱい涙をためながら必死に頑張ってる松浦が愛《いと》おしくて、俺が守ってやりたいと思うようになったんだ。俺と付き合ってくれないかな」

驚きすぎて声も出ない。

小谷先生は素敵な人だけど、そういう対象として見たことがなかったから。

「びっくりさせてごめん。けど俺、本気なんだ」

彼は照れくさそうに言うと、「ふー」と大きく息を吐き出してから再び口を開く。

「どうせ耳に入るから、正直に言う。俺、ぶっちゃけ、遊んでた。忙しくてまともにデートもできないからって、体の関係だけの女の子もいた」

そういえば、高原先生が『いいヤツだけど、女癖だけはどうも』と言っていたような。

「でも、今回は違う。なんていうか……自分でもよくわからないんだけど、今までのような浮わついた気持ちはまったくない。松浦と真剣に付き合いたいと思ってる。もし、彼氏がいても奪ってでも松浦が欲しい」

見上げるほど背の高い彼は、私を見つめて視線をそらさない。

けれど……突然そう言われても、なんと返したらいいのかわからない。

「好きなんだ。付き合って、ほしい」

NOとは言えないような強い口調だった。

でも、そんな大切なことに簡単には返事できない。

動揺してうつむくと、彼の笑い声が聞こえた。

「あはは。やっぱり真面目だな。本当はすぐにでも返事が欲しいとこだけど、待つよ。ただ、俺は真剣だから考えてくれないか?」

小谷先生ならいくらでも素敵な女性が寄ってくるだろう。見た目だって申し分なく、ましてや医師という肩書つき。

その彼が私に告白なんて信じられない。

「……はい」

戸惑う私は曖昧《あいまい》な返事をして、逃げるように彼のもとを去った。


「高原先生、救急車入ります」

翌日の外科系当番は、高原先生だった。

朝一番で運ばれてきた患者は、交通事故に遭ったという小学生。集団登校中に車に突っ込まれたと報告を受けている。

軽傷の患者は別の病院に搬送され、重傷の患者が数人運ばれてきた。

救急車の到着を玄関で待ち構えていた高原先生は、救急車の到着とともに一番重症の患者の様子を確認しながら、救急隊員の声に耳を傾ける。

「現場到着時、意識レベル三十、現在三百」

それは、最初は刺激を与えれば反応があったが、それすらなくなってしまったことを示していた。危険な状態だ。

私は高原先生と話が終わった救急隊員から、今まで不明だった名前を聞き出した。

「ご家族は？」

「学校に連絡を入れてありますので、こちらにいらっしゃるかと」

「わかりました」

そのあとIDを初療室に持っていくと、血だらけの男の子が横たわっている。

「ライン確保できた。CTの連絡を」

「はい」

きびきびと治療を続ける高原先生とナースを前に、私にできることはなにもない。

「松浦、この子の名前わかった？」

「はい。佐藤恭平《さとうきょうへい》くんです」

「恭平！　頑張れ。必ず助けてやるからな」

高原先生はまるで我が子のように声をかけ始める。

きっと助かる。高原先生が助けてくれる。

そう確信した私は、小さく頭を下げて初療室を出た。

「緊急オペになる。俺も前立ちに入るから、外科系の研修医に誰か来てもらって他の患者をお願いして」

「はい」

それからしばらくして、高原先生は前立ちと言われる助手として、執刀医の戸塚先生とともにオペ室に向かった。

恭平くんが運ばれていくとすぐに、母親らしき女性が駆けつけてくる。

「恭平は？　恭平はどこですか？」

こうしたときに取り乱す家族の気持ちが痛いほどわかる。自分も母の死を目の前で見ているからだ。しかし、私がうろたえるわけにはいかない。

「ただ今オペ室に運ばれました。ご案内しますのでお待ちください」

ナースに母親の到着を連絡したものの、他の患者に手いっぱいで余裕がないようだった。

「松浦さん、とりあえずオペ室にご案内して。すぐに誰か説明に行くから」

「はい」

ナースの指示でオペ室に向かう途中、ポロポロと涙をこぼす母親は目を真っ赤にして息を荒らげる。

「きっと大丈夫です。優秀な先生が執刀しています」

詳しい状態や治療については、私たち事務にはわからない。でも、高原先生なら助けてくれると信じたい。

それからオペ室の前で、ナースが来るまで恭平くんの母親と一緒にいた。とてもひとりで置いていけるような状態ではなかった。

「松浦さん、ありがとう」

十分ほどして、ナースの内藤さんがやってきてバトンタッチする。

「恭平くんのお母さんですね。症状をご説明します」

このときほど、ナースになればよかったと後悔したことはなかった。

そうすればもっと近くで患者やその家族に寄り添えたのに。

私は救急に戻りながら、そんなことを考えていた。

六月の終わりを迎えると、天気のいい日は三十度近くまで気温が上がるようになって蒸し暑い。今日も最高気温二十九度という天気予報にちょっとうんざりしていた。

「高原先生！」

昼を過ぎた頃、ひとりの男の子が日直だった高原先生の姿を見つけて救急に駆け込んできた。

「おぉ、清春《きよはる》。元気そうだな」

幼稚園児くらいだろうか。まだ体の小さい男の子を高原先生が抱き上げて目を細めている。

「走れるようになったのか？」

「うん。運動会はビリだったけど……」

口をとがらせる清春くんは、それでも笑顔だった。

「そんなのかまわないさ。一生懸命走ったんだろ？」

「先生、すみません！」

次に慌てた様子でやってきたのは、清春くんの母親のようだ。

高原先生は清春くんを下ろすと口を開く。

「ご無沙汰しています。今日は小柴先生の外来ですか？」

「はい。もうすっかりよくなって、お友達と走り回って遊べるようになりました」

「それはよかった」

高原先生がこんなににこやかに患者と接しているのは珍しい。特に救急では。

「先生、今度一緒に遊んでよ」

「おぉ、約束だったもんな」

ふたりの微笑ましい光景に目を奪われ、しばし立ち尽くす。

「ちょっと清春。先生はお忙しいの！」

焦ったお母さんが止めるけど……。

「あっ、ねぇお姉さんも遊ぼうよ。いっぱいのほうが楽しいもん」

「私？」

突然駆け寄ってこられて目を白黒させる。

「清春ったら！」

お母さんが申し訳なさそうに頭を下げているが、なんだか楽しそう。

「清春。お前、見る目あるんだな」

えっ？　それは、どういうこと？

そう言いながら清春くんに歩み寄り頭を撫でる高原先生は、「もしよければ付き合ってくれない？」と私に問いかける。

「は、はい」

「やったー！」

勢いで返事をしたものの、清春くんが大喜びする姿を見て口元が緩んだ。

それにしても、私を誘ったのは清春くんなのに、まるで高原先生に誘われたかのようで、ドキドキする。

結局、次の日曜に公園で遊ぶことに決まり、ふたりが去ったあと先生が話しかけてきた。

「急にごめんな。清春、心臓が悪くてずっと入院してたんだ」

「入院！」

あんなに元気なのに。

「うん。小柴部長のオペのおかげで動き回れるようになったんだ。俺も助手としてオペに入って、部長がいないときは主治医のようなこともしてた」

だから、あんなになついてるんだ。

野上総合は小児外科を掲げていないので子供の大きな外科手術は少ない。しかし心臓は別。小柴部長がその道の権威だからだ。

「体の成長も遅れていて、あれで小三なんだよ」

「小三⁉」

まだ幼稚園児かと思ったのに。

「そう。ずっと友達とも関わってこなかったから、心も少し幼いかな」

そうだったんだ。だけど、清春くんはとてもかわいらしかった。

「でも、先生が助けた命が輝いていましたね」

そう漏らすと、彼は一瞬驚いたような顔をしたあとにっこり微笑み、大きな手で私の頭にポンと触れてから初療室に入っていく。

触れられるたびに胸がギュッと締めつけられるように苦しくなるのは、どうしてだろう。

私は自分の胸に手を置き、彼を見送った。


そして約束の日曜がやってきた。

高原先生が私の家まで車で迎えに来てくれたので助かった。

彼は白いTシャツに淡いブルーのシャツを羽織り、ジーンズを合わせている。

普段は白衣の下に隠れている足はとてつもなく長い。

完璧に着こなしている姿がまぶしくて、まともに視線を合わせられない。

「おはよう。松浦、そういう服も似合うな」

「いえっ」

今日は公園で遊べるようにスニーカーを履いてきた。トップスは淡いピンクのカットソー。そしてロールアップしたジーンズ。着こなせている自信はない。

「清春ひとり預かることにしたんだけど、いいかな?」

てっきりお母さんも来るものだと思っていたのでびっくりだった。でも問題ない。

「はい。もちろんです」

「清春のお母さん、入院中からつきっきりで大変だったんだよ。ちょっと休ませてあげたくて」

そういうことか。

そうしたことに気がつくのも、常に患者の視点に立てる彼らしい。

「心臓の病気だったということですが、走り回っても平気ですか?」

「うん。今は大丈夫。だから思う存分遊んでやろうな」

「はい」

ハンドルを握る先生の横顔がいつにもまして優しく見える。

子供、好きなのかな。


清春くんの家には、二十分ほどで着いた。

「今日はよろしくお願いします」

玄関で丁寧に頭を下げるお母さんは、私たちの分までお弁当を用意してくれていた。

「いえ。私も楽しみにしてましたから」

「先生！」

挨拶を交わしている高原先生に飛びつく清春くんは、本当に彼のことを信頼しているのだろう。

「行ってきます」

私は満面の笑みでお母さんに手を振る清春くんと後部座席に並んで座った。

「清春くん、なにして遊ぶ？」

「サッカーと野球とテニスと……」

「欲張りだな、清春。でもいいぞ。全部やろうな」

ハンドルを握る先生がクスクス笑う。

「ホントに？」

清春くんは大喜び。

そういえば、先生も幼い頃心臓が悪かったと言っていた。もしかしたら、清春くんのように自由に遊べなかったのかもしれない。

「ねぇ、お姉さんはなんて名前？」

「松浦都だよ」

「それじゃ、都ね」

小さな子に突然呼び捨てされて、プッと吹き出す。

「都さん、だ。清春」

先生はたしなめてくれたが、清春くんは〝都〟という響きを気に入ったようで、

「嫌だ、都にする」とだだをこねている。

その様子を見ながら、高原先生に〝都さん〟と初めて名前を呼ばれた私は、鼓動が速まるのに気づいていた。

「それじゃあ、都でいいよ。いっぱい遊ぼうね」

子供ってこんなにかわいいんだ。

「で、都は先生の彼女？」

無邪気な顔をしているくせに、とんでもない質問。

頭が真っ白になりなにも言えない。

「残念だけど違うんだ」

すると代わりに高原先生が答えてくれた。

「なーんだ。彼女ならよかったのに」

「そうだな」

そんなふたりの会話に心音がうるさくなるのを感じて、ひとりで頬を赤らめていた。

仕方ない。

郊外の大きな公園は、一歩足を踏み入れると別世界だった。コンクリートに囲まれた生活をしていると、こんなに緑あふれる場所はまぶしくて

「わー、広い！」

思いきり息を吸い込むと、木々が作り出したばかりの酸素がおいしく感じられた。

「清春、転ぶぞ」

興奮して駆け出す清春くんを見つめる高原先生の目がとても優しい。清春くんがこうして回復したことを、本当に喜んでいるに違いない。

「いい天気でよかったですね」

「うん」

彼は空を見上げて、まぶしそうな顔をする。

「清春はずっと入院だったから、こうして走り回る経験をしてないんだ」

「もしかして、先生もですか？」

こんなことを聞いていいのかためらいはあったけれど、思いきって口にした。

「そう。俺も長い間、病院だった」

悲しげな表情を浮かべる彼は、だからこそ清春くんの気持ちがよくわかるのだろう。

木陰に荷物を置いた私たちは、早速清春くんと遊び始めた。

「滑り台してくるー」

この公園の滑り台は、ジャングルジムの一番上から滑る構造になっている。

「清春、手離すなよ？」

高原先生はぎこちない動作で上っていく清春くんを、少し心配そうに眺めていた。

体の小さい清春くんは、おそらく運動能力も小三には程遠い。

「やったー」

やがて一番上に到達した清春くんが、ガッツポーズをして喜んでいる。

「よくやったぞ」

「先生もおいでよ」

高原先生も滑るの？

キョトンとしている私を尻目に、彼はグイグイと力強く上り始め、あっという間に清春くんの横に並んだ。

「先生、早いなぁ」

「清春も大きくなったらできるさ。ほら、行くぞ」

先生は清春くんを自分の足の間に入れ、ふたりで滑りだした。

「うわー」

両手を上げて大喜びの清春くんを見ていると、自然と笑顔になる。

「滑り台なんて久しぶり」

高原先生も楽しそう。

「今度は都と」

「えー、私？」

ジャングルジムなんて、いつ以来だろう。

それでも、大はしゃぎの清春くんにつられてテンションが上がる。

「松浦、気をつけろ」

「はい」

先生は清春くんと同じように心配してくれる。

「大丈夫だよ。ケガしたら先生が治してくれるもん」

「そういう問題じゃないぞ。女の子はケガさせちゃいけないんだ。覚えておけよ。モテないぞ」

クスクス笑う高原先生の気遣いがうれしかった。

無事に頂上までたどり着くと、清春くんと一緒に滑り始める。

「キャー」

想像以上のスピードで、大きな声が出てしまう。

「まったく都は怖がりなんだから」

滑り終えたあと清春くんにツッコまれ、それを聞いていた先生が肩を震わせている。

「女の子は、そういうところがかわいいんだ」

かわいい？

ダメだ。先生のちょっとしたひと言でいちいち心拍数が上がる。

「松浦、ちょっと清春見ててくれる？」

「はい」

そのあと電話が入ったらしく、高原先生はスマホ片手に少し離れた。

「ねぇ、都。先生のこと、好き？」

「えっ……」

ベンチに座ってお茶を飲み始めた清春くんに、突拍子もない質問をされて軽く固まる。

「好きでしょー。僕、先生に言ってあげるよ」

「ちょっと、なに言ってるの！」

私は慌てまくり、冷や汗をかいているのに、彼は涼しい顔をしている。

「大丈夫だよ。だって先生も都のこと好きだもん」

「そんなわけないでしょ」

高原先生には、酒井先生という婚約者がいるんだから。

子供の言うことだとわかっているのに、ちょっとムキになって反論した。

「だって、先生、都のこといつも見てるよ」

「違うよ。そんなことより、今度なにする？」

これ以上、ありもしない話をされるのはつらい。

高原先生が私を好きなはずがないもの。

けれど、こんなにつらいのはどうして？　私、彼のことが好きなの？

「先生が戻ってきたら、サッカーしよ」

「いいよ」

私は笑顔を作りながら、激しく動揺していた。

「悪い、悪い」

それからすぐに高原先生が戻ってきた。

「病院ですか？」

「うん。でも電話でなんとかなった」

休みとはいえ、担当の患者についてはいつも電話が入る。

「ねえ、サッカーしよー」

「おぉ」

先生はサッカーボールを手にして、芝生広場に向かう。

私たちは清春くんの提案でミニゲームをすることになった。

高原先生が木の枝でゴールを描くと、清春くんと私がチームを組んで試合開始。

「都、パス」

「あっ！」

清春くんからパスを受け取ろうとしたのに、すぐさま反応した先生に奪われる。彼はすこぶる運動神経がいい。

「先生ずるい！」

「ずるくないぞ。ほら、取ってみろ」

先生は同じ場所でボールを左右に振り、清春くんの反撃をかわす。

「都、手伝ってー」

高原先生の素早い動きに、清春くんはふたりで挑むらしい。

ふたりでボールに向かっても、先生の動きは速い。手を抜いてくれているはずなのに、なかなか奪うことができない。

「都、頑張れ」

「ほら、こっち」

清春くんは少し疲れた様子で、いつの間にか応援に回っている。

それに応えたくて必死に足を出すものの、一向にボールを奪えない。

そのうち先生と足が絡まって……。

「あっ」

「危ない！」

清春くんの声と同時に体が大きく傾き、高原先生の胸に飛び込んでしまった。

「すみま、せん」

ドクドクと速まっている彼の心臓の音が、ダイレクトに耳に届く。

「大丈夫か？」

「はい」

「やっぱり彼女だー」

慌てて離れたのに、清春くんは私たちに向かってピースしてみせる。

「ち、違うよ」

不可抗力だったとはいえ自分から彼の胸に飛び込んでしまい、顔が真っ赤に染まる。

「お母さんには内緒にしといてあげるから」

清春くんは、もう私たちが恋人同士だと思い込んでいる。困ったな。

「まったく。松浦、そういうことにしておいていい？」

高原先生は呆れたような声を出しつつ、驚くような提案をしてきた。

「えっ？」

「迷惑、かな？」

「いっ、いえ。わかりました」

迷惑なわけがない。だって、こんなにも胸が高鳴っているのだから。

私は彼のことが、きっと……好き。

さっき清春くんに、先生が私のことを見ているとけしかけられてつらかったのは、好きなのに手の届かない人だから。

だから……清春くんの前だけだったとしても、恋人のふりができるのはうれしい。

願いが叶うことがないのなら、せめて、今だけ彼の恋人でいたい。

しかし、彼からの申し出を受け入れた途端、顔をまともに見られなくなった。

おまけに不自然に目が泳いで、心臓が破れそうなほどに鼓動が速まる。

「都、お腹すいたー」

こんなに私の心をかき乱したチビッコは、素知らぬ顔でお昼ご飯を催促する。

「あはは。清春、マイペースだな」

私から離れた高原先生が、清春くんの頭を撫でて頬を緩めた。

「お弁当、いただこうか」

「はい」

私は動揺を隠そうと懸命に笑顔を作り、清春くんのお母さんが持たせてくれたお弁当を広げた。すると重箱に入ったお弁当はあまりに豪華で、先生が目を丸くしている。

「清春のお母さん、すごいな」

「でしょー？　都は先生に作ってあげるの？」

清春くんにお茶を用意していたのに、手が止まる。爆弾発言だらけだ。

「そうだぞ。すごくうまいんだ」

適当に話を合わせた先生は、清春くんにおにぎりを持たせた。

「へぇー。先生、都のことなんて呼んでるの？」

清春くんの無邪気すぎる発言に、先生も苦笑している。

「都、かな」

先生がそう言った瞬間、心臓が跳ね、鼓動が速まるのを抑えられなくなった。

清春くんに『都』と呼ばれるのとは違う。

「えー、それじゃあ、僕と一緒」

「そうだ」

先生は私に視線を移して申し訳なさそうな顔をしたけれど、私は頬が赤く染まっていないか心配だった。

「都は、なんて呼んでるの？」

「えっ？　私は……」

どうしよう。先生はたしか、奏多という名前だけど……。

「奏多さん、かな」

答えられないでいると、先生が代わりに答えてくれた。

心臓がギュッとつかまれたようで酸素がうまく吸えない。

「そんなこといいから、食うぞ。ほら、唐揚げうまそうだ」

やっと話題がそれてホッと胸を撫で下ろした。

お弁当を食べ終わった清春くんは「まだ遊ぶ」と言いながらも立ち上がらず、高原先生とじゃんけんをしている。

きっとまだ体力がなくて疲れたのだろう。体が小さく、心臓の手術を乗り越えてきた清春くんには、これだけでも十分な運動だったに違いない。

「眠いのか？」

そのうち動作が鈍くなってきた清春くんに高原先生が声をかけると、彼は私に引っついてきた。

驚いたものの、きっとまだママの恋しいお年頃。ずっと入院していたせいで心も未熟だと聞いているし。

「ここで眠ってもいいよ？」

投げ出した足の上に彼の頭を誘導すると、すぐに寝息が聞こえてきた。

「かわいい」

「そうだな」

先生は眠ってしまった清春くんの顔をのぞき込む。

「疲れたんだな。よく頑張った」

「はい」

彼は一瞬キリッとした医者の顔に戻ったが、すぐに表情を緩める。

「松浦、ごめんな」

「なにがですか？」

「いや、いろいろとさ……」

それは恋人のふりまでしたこと？

急に恥ずかしくなってうつむくと、「清春があんまり楽しそうで」とつぶやく。

「私も、楽しかったです」

楽しかったのは清春くんだけじゃない。思いがけず高原先生と一日過ごし、おまけに恋人のふりまでして……。

ドキドキしっぱなしだったけど、こんなに気分が高揚したのは久しぶり。

「そっか。それならよかった。俺もすごく楽しかった」

ホント、に？

彼の顔を見つめると、視線が絡まりドキッとする。

「松浦といると、すごく心地いいんだ」

真剣な顔でそう囁く彼は手を伸ばしてきて……私の頬に優しく触れた。

「松浦が、温かいから」

視線をそらしたいのにそらせない。これまでにないほど胸が激しく拍動し、息苦しい。

本当に息が止まってしまいそうだと思った瞬間、清春くんが膝の上で寝返りを打ったのでハッと我に返った。

「ごめん。ちょっと病院に電話入れてくる」

「はい」

優しい笑みを残して、彼は離れていった。

もしかして、高原先生は私のこと……？

さっきの熱いまなざしは、たしかに私への特別な想いがあるように感じた。

でも、彼は酒井先生と婚約しているんじゃないの？　あれはただの噂なの？

高鳴る胸に手を置きながら、清春くんの寝顔を見つめる。

安心しきったようなかわいらしい寝顔は、私を穏やかな気持ちにさせる。

私たち三人は、周りの人にどう映るのだろう。

親子に、見えるかな……。

私は勝手にそんなことを考えて、頬を赤らめた。

清春くんが起きたあと、少しだけキャッチボールを楽しんでから帰ることにした。

彼は「まだ遊ぶ」とただをこねたけれど、体調が一番。

広場から車まで戻るとき、清春くんが右手で高原先生、左手で私の手を握るので、まるで本当の親子のような錯覚を起こしてドキドキしていた。

「都、持つよ」

先生は私から弁当箱の入ったバッグを受け取った。

突然、『都』と呼ばれ、演技だとわかっていても胸の高鳴りを抑えきれない。

「ねー、また来ようね」

「そうだな」

清春くんの笑顔が、太陽に負けないくらい輝いている。

「都もだよ」

「うん」

こうして三人で、また来ることができたらいいのに。

そんなことを考えながら、ほんのひとときの幸せを味わった。


清春くんを送り届けると、迎えに出てきたお母さんに飛びつき、「楽しかった」を連発している。

「本当にありがとうございました。この子がこんなに笑顔になるのは、久しぶりです」

お母さんは清春くんの両肩に手を置くと、うれしそうに目を細めた。

「いえ。清春、また遊ぼうな」

高原先生は、清春くんの目線に合うように腰を折って話しかける。

「うん。都もだよ」

「もちろん」

「ちょっと清春。松浦さん、ですよ」

呼び捨ての清春くんを慌ててたしなめるお母さんが、目にうっすら涙を浮かべている。

「それでは」

再び車に乗り込んだあと、清春くんの姿が見えなくなるまで手を振ってから窓を閉めると、高原先生が口を開いた。

「清春、学校でいじめられてるんだ」

「……そんな」

衝撃でそれ以上の言葉が出てこない。

「せっかく社会に戻れたのに、体は小さくて言うことも幼い。周りと合わないいんだろう」

それは、あまりに残酷な現実だった。

命がけで治療をし、やっと戻れたと思ったら居場所がない。そんなのあんまりだ。

「学校の問題は、残念ながら医者には手が出せない」

それはそうだろう。しかし、もどかしく思っている気持ちはよく伝わってくる。

「でも俺は、清春に負けてほしくないんだ」

ハンドルを握り、前を見据える高原先生の横顔を見てハッとする。もしかしたら、同じような経験があるのかもしれない。

「また、遊びに行けるといいですね」

「そうだな。今日はありがとう」

本当なら、特定の患者と親密な関係を持ってはいけないはずだ。それでも清春くんのことを深く考え、こうした行動に移す高原先生は、最高に素敵だと思った。

「送っていただいて、ありがとうございました」

家まで送ってくれた彼にお礼を言って車を降りようとすると、腕をつかんで止められた。

「松浦……」

あのときの目だ。公園で私の頬に触れたあのときの。

触れられている腕が熱を帯びてきて……たちまち全身が火照《ほて》りだす。

視線を絡ませたままそれ以上なにも言わない彼は、やがて私の腕を離した。

「いや、ごめん。本当に今日はありがとう」

やっと酸素が肺に入ってきた。彼に見つめられると、うまく息を吸うことすらできなくなる。

「はい。それではまた病院で」

そう言うのが精いっぱいだった。

今度こそ車を降りると、一瞬切なげな表情をした彼は車を発進させて行ってしまった。

私……高原先生が好き。

彼が離れていくのが、こんなにもつらい。もっと一緒にいたい。

私は公園で触れられた頬に無意識に手を当て、そんなことを考えていた。

天の川は渡れない

それからも高原先生との関係は変わらなかった。

救急で時々顔を合わせ、仕事の会話を交わす日々。けれど、患者が初療室で亡くなると、彼は必ず私の様子を見に来て心配そうに見つめていた。

誰かが天に召されると、どうにも冷静ではいられない。しかし仕事を放棄することもできず、必死に感情を押し殺して働いていた。

「松浦、これ」

初療室から出てきて私にＩＤを手渡した高原先生は、肩で息をしている。

長く続いた心臓マッサージ。しかし残念なことに患者は助からなかった。

「先生、あの……」

「ごめんな。また死なせちまった」

高原先生のせいじゃない。

でも、そうやって患者や家族の立場になれるのが、彼の優しいところ。

「先生のせいじゃないです」

「そうだな。ありがとう」

　私たちはこうして死に向き合っていくしかない。

　彼は、『人の死に慣れる必要はない』『真正面から人の死を受け止めないといけない』と言っていた。私もそう思う。だから誰かが亡くなったときは顔をゆがめてもかまわない。それでも私たちは次の命に向かわなければならない。

「高原、お疲れ」

　そのとき、背中越しに小谷先生の声がした。

「ごめん、邪魔した？」

　私たちの様子を見ておどけた調子の彼は、一瞬高原先生を鋭い視線で突き刺す。

「いや、IDを渡しただけだ」

　交通事故で入ったさっきの患者は骨折も多く、急遽《きゅうきょ》整形外科から小谷先生にも来てもらっていた。

「松浦。ちょっと外の空気吸ってくる。なにかあったら呼んでくれる？」

「はい」

　高原先生は聴診器を白衣のポケットに入れ、出ていった。

「松浦って、高原と仲いいの？」

「えっ？　いえ……」

小谷先生の牽制《けんせい》するような言い方に、心臓がドクンと音を立てる。

「そっか。それじゃ、病棟戻るわ」

「はい。お疲れさまでした」

頭を下げると、私の肩をポンと叩いた小谷先生は救急を出ていった。

私のほのかな恋心に、気づかれたのかもしれない。

小谷先生はあの告白のあと一度だけ私に接触してきた。しかし私が浮かない顔をしているのに気づいたのか、『ごめん、まだ待つ』とだけ言い、それからは仕事で顔を合わせるだけ。彼はおそらく私がよい返事をしないとわかって、時間をかけようと思っているのだろう。

でも、どれだけ考えても答えは決まっている。きちんと小谷先生の告白は断らなければ。今はどうしても、高原先生のことしか目に入らないから。

それから、加賀さんと交代で昼休憩に入った。忙しいときは休憩すらままならないが、今日は交通事故の患者以降、救急要請は入っていない。

売店に行ってなにか購入しようと思ったけれど、食べる気が起こらなかった。

患者が亡くなったあとはいつもそう。これではいけないとわかっていても、体が受けつけない。

結局、自動販売機で甘いコーヒーを買うことにした。

ためらいながらも二本購入して、向かったのは……中庭だ。

「お疲れさまでした」

「松浦、か」

やはり高原先生がいた。

以前、中庭のベンチから見上げる空がきれいだと言っていたことを思い出したのだ。

「よろしければ」

クスッと笑う彼は、私の手から砂糖のたっぷり入ったコーヒーを受け取る。

「疲れたときは甘いもん、か。サンキュ。座るか？」

「はい」

彼はすぐにプルトップに手をかけ、「ホントに甘いなこれ」と言いながらも飲み進める。私も同じようにコーヒーを口にして、濃いブルーの空を見上げた。

「空がきれい」

周りは病院の建物で囲まれているものの、ホッとできる空間が広がっていた。

「だろ？　入院してた頃、なにもやることがなくて空ばかり眺めてたんだ」

高原先生も同じように空を仰ぐ。

「この美しい空の景色に目を奪われながら、その一方でおびえていた」

「えっ？」

どうして？　こんなに美しい光景におびえるって、どういうこと？

空から高原先生に視線を移すと、小さなため息をつき再びコーヒーを口にしている。

「いつ、呼ばれるのかって……」

彼の瞳の奥が揺れているのに気づき、全身に鳥肌が立つ。

きっと死の使者がやってくることを、恐れていたんだ。

「つらい思いを、されたんですね」

心臓の病気がどれほど重かったのか知らない。けれど、いつも死と隣り合わせの生活を送っていたのだろう。

だから、高原先生はこんなに必死になって患者の命をつなぎとめているに違いない。

「そうだな。すごくつらかった。だけど、こうして生かしてもらって――」

高原先生は言葉を詰まらせた。

きっと手術に耐えるのも、死の足音におびえながら入院生活を送るのも……幼い子には残酷で耐えがたいものだったはずだ。

でも、彼はこうして生きている。そして、今度は自分が誰かの命を救うことで、恩返しをしようとしているに違いない。

「私……。母のこともあって、失われていく命にばかりとらわれて忘れていたのかもしれません。こうして生きている私たちにも使命があって、それをまっとうすべきだって」

たとえ助からなかった命に涙を流しても、そこで立ち止まっていてはいけない。

高原先生には救える命がある。だから生かされたのだろう。

「使命、か」

彼はゴクッとコーヒーを飲み干すと、小さくうなずいた。

「私も、もっと役に立てるように頑張らなくちゃ」

高原先生たちのように直接命を救えるわけではないが、なにかできるはず。だから私はここに存在している。そうやって前向きに考えることは悪いことじゃない。

「俺も使命をまっとうするが。やっぱり、疲れたときは甘いもんだな。これ、サンキュ」

立ち上がった彼は大きな深呼吸をしたあと、コーヒーの空き缶を私に見せて微笑んだ。

「いえ」

私が笑顔を作ってみせると、彼も口角を上げる。

「それと、松浦のひと言だ」

「私？」

彼は意味深な笑みを残して、救急のほうへと歩いていってしまった。

きっと、高原先生なら使命をまっとうするはずだ。

私も患者が亡くなっても随分取り乱さなくなった。けれども、本当は苦しくてたまらない。

それでも私たちは、前に進むしかない。

仕事が終わって病院を出ると、小谷先生が追いかけてきた。

「松浦ちゃん、お疲れ」

「お疲れさまです。今日は残業なしですか？」

彼はいつものテンション。しかし無性に胸がざわつく。高原先生を見つめるあの鋭い視線が気になっているからだ。

「電話は持たされてるけどね。飯行かない？」

彼の誘いにドキッとして目が泳ぐ。

小谷先生はおそらく私の答えを待っている。

高原先生への想いが強くなっていくのを感じている今、告白は受けられないと、はっきり断りを入れよう。

「わかりました」

承諾すると、彼は左ハンドルのＳＵＶ車に私を案内する。その助手席に乗せてもらったものの緊張を隠せない。

一方、小谷先生はいつもとなんら変わりない様子で、車を発進させた。

「俺が気に入っているフレンチレストランでもいい？　夜景がすごくきれいなんだ」

「いえ、そんなすごいところじゃなくても」

近くのファミレスでよかった。いや、よくない返事をする今日は、むしろそうしてほしいくらいだ。

「俺がそういう気分なんだよ」

ちょっと強引なところのある小谷先生は、レストランのある高級ホテル『アルカンシエル』に車を走らせた。

車を降りると、サッとエスコートされて戸惑う。こんな扱いを受けたのは初めてだった。

最上階のレストランに入ると、彼は緊張している私の手を引く。手を握られて戸惑うのは、私の気持ちがここにないから。

窓際の席に着くと、窓から見える夜景があまりにもきれいで、目が大きくなる。

「さて、コースがうまいんだけど、それでいい？」

「はい。お任せします」

小谷先生は注文を済ませ、水に手を伸ばす。

「緊張してる？」

「はい。こういうところは慣れないですし」

それは嘘ではないけれど、緊張の原因はそれだけではない。

「松浦は真面目だな。飯を食うだけだから緊張なんてするな」

クスクス笑う彼の顔が穏やかで救われる。

すぐに運ばれてきた前菜は、アボカドとエビの組み合わせ。ちょっと酸味が効いていて、爽やかな味が口に広がる。

「おいしいです」

素直に感想を口にすると、先生はうれしそうに微笑んだ。

「今日はお疲れだったね」

次々と運ばれてくる料理に舌鼓《したつづみ》を打ちながら、彼は話し始めた。

「いえ。先生こそ、いつも大変ですね」

「やっと医師と名乗れるようになったばかりだし、頑張らないと」

後期研修中とはいえ、もう一人前のドクター。戦力として数えられている。

「今日の患者さんは残念だったな。高原、あんなに頑張ったのに」

「そうですね」

ドクターの目から見ても高原先生の命への執念は相当なのかもしれない。本当に素敵なドクターだ。

返事をしながら、意識が高原先生に飛んだ。

「高原のこと、考えてる？」

「えっ？……いえ」

突然指摘されて焦り、目が泳ぐ。

「でも、すごく仲がよさそうに見えたけど？」

「そんなことないです。私、患者さんが亡くなると気持ちが沈んでしまうので、高原先生が心配してくださっただけで……」

私は必死に言い訳をしていた。高原先生への恋心を知られたくない。

「そっか……」

すると小谷先生はあっさり引いてくれたので、ホッと胸を撫で下ろした。

そのあとは、病院の話で盛り上がる。

「整形外科ってよく関節に注射してますよね」

「うんうん。よく知ってるね」

「あれ、すごく痛そうで……」

何度か目にしたことがあるけれど、見ているだけで怖い。

「でも、眼科の眼注より平気じゃない？」

「眼注……」

レセプトで勉強はしたが見たことはない。たしか眼球に直接注射するはずだ。

「そ。こうやって……」

小谷先生が人差し指を私の目に近づけてくる。

「無理です。怖い……」

「実は俺も」

彼はにこやかに笑い、私に視線を合わせる。

「でも松浦っておもしろいな。感受性が強いのかな。表情がクルクル変わる」

「そう、ですか？」

「うん。俺に食事に誘われて、困った顔してた」

フォークを持つ手が止まった。

その通り、だけど、まさか気がつかれていたなんて。

気まずくなってうつむくと、彼は「ほら、デザート来たぞ」と勧める。

「先生、あの——」

「高原はやめておけ」

きちんと断ろうと意を決して口を開いたのに、高原先生のことに言及されて目を見開く。

彼はそんな私をまっすぐに見つめて真剣な顔をしていた。

「アイツには酒井がいる」

息が……止まった。

そういう噂は聞いていたし、お似合いだと思った。でも、それはあくまで噂だと思っていた。だって、誰に聞いても噂の域は出なかったし……高原先生は公園で、あんなに熱いまなざしを向けてくれたから。

けれど、きっと長く一緒に仕事をしている小谷先生は、真実を知っているはず。

「高原は、酒井とは別れられない」

高原先生のマンションから出てきた酒井先生の姿が頭に浮かぶ。

彼はあのとき資料を頼んだだけだと言っていた。そして私のことを部屋にあげてくれた。それなのに、婚約しているの？

頭が真っ白になって、デザートなんて食べられない。

私はフォークを握りしめたまま唇を噛みしめた。

「やっぱり、高原が好きなんだな」

「違います」

高原先生への恋心を否定するだけで精いっぱい。

彼は、私なんかが憧れてはいけない人だったのだ。

好きになった私が悪い。

目の前に小谷先生がいるのに、高原先生の顔ばかりがチラチラ頭をよぎる。

私……いつの間に、こんなに好きになっていたのだろう。

「それなら、俺と付き合ってくれないか」

小谷先生は再び交際を申し込んできたが、なにも言えない。

「見ず知らずの患者のために、心を痛めて……。なんて純粋な子だろうってずっと思ってた」

私に真摯《しんし》なまなざしを送り続ける彼は、少し困った顔をする。

「俺、仕事のプレッシャーを紛らわすために、いろんな女と関係を持ってきた。でも、その女たちとは完全に手を切った。今後、松浦のことしか絶対に見ない」

小谷先生は真剣だった。

けれども、私が好きなのは……。

「絶対に泣かせない」

彼が本気で私のことを想ってくれているのは伝わってくる。

「ごめんなさい」

しかし、それしか言えなかった。

私の心の中にいるのは高原先生ただひとりだから。

謝罪を聞いた小谷先生は、大きなため息をついて天井を見上げる。

「今までの罰だな」

唇を噛みしめる彼は、「少し時間をくれないか」とつぶやいた。

「すぐに信用してくれなんて無理だよな。けど心を入れ替えて、松浦に好きになってもらえるように努力する。だから、振るのは待ってくれないか？」

「ですが……」

彼の気持ちを受け入れられないのは、小谷先生のことが信じられないから、というだけではない。しかし、高原先生への想いをここで口にすることはできなかった。酒井先生と婚約しているのならなおさら。

「頼む」

視線をそらさない彼は、少しも引く気配はない。

結局、肯定も否定もできなかった。

小谷先生に家まで送ってもらい部屋に入るなり、呆然と座り込む。

やはり、高原先生と酒井先生はそういう仲なんだ。でも、〝別れられない〟ってどういうこと？

その日は、高原先生のことばかり考えてしまい眠れない夜を過ごした。

翌日の救急担当は、酒井先生だった。相変わらず美しく、立ち居振る舞いも上品だ。どう考えても高原先生とお似合いの組み合わせ。

小谷先生にあんな話を聞いたからか、ネガティブな思考が私を支配した。

「松浦さん、IDありがとう」

「いえ。お疲れさまでした」

酒井先生には非の打ちどころがない。普段は物腰柔らかなのに、診察中はキリリと鋭い目をして的確な指示が飛ぶ。しかし治療が終わった瞬間、優しい笑顔が戻る。ナースからも評判がよく、私ではとうてい太刀打ちできそうにない。

「都。ちょっと材料を取ってきてほしいんだけど」

「わかりました」

私は内藤さんに頼まれて倉庫へ向かった。

地下に降りるとちょうどオペが終わったところらしく、ストレッチャーとすれ違う。さらに足を進めると、高原先生の姿が見えた。

「高原、本当に腕が上がったな。その調子だ」

「はい。ありがとうございます」

もうひとりは小柴部長。ということは、心臓のオペ？

こちらへ歩いてきた小柴部長に小さく頭を下げたあと突っ立っていると、高原先生が私に気がついた。

「松浦、材料か？」

「はい。オペだったんですね」

いつもなら高原先生に会えるとうれしいのに、複雑な気分だ。

「うん。うまくいったよ。前にもたついた縫合もきちんとできた。松浦の励ましのおかげだ」

「おめでとうございます。私はなにもしてません。先生の努力の結果です。お疲れさまでした」

彼の声が弾んでいて私もうれしい。けれど、目を合わせられない。

「なんか他人行儀だな」

だって、他人だもの。

「失礼します」

私はなにを話したらいいのかわからなくなり、足を踏み出した。

「待って」

それなのに、高原先生は私の腕を握って引きとめる。

「手紙が来たんだ」

「手紙？」

首を傾げると、「清春から」と付け足した彼は口元を緩めた。

「清春くん！」

一気にテンションが上がる。一緒に公園で過ごしたあの時間は、本当に楽しかった。

「松浦にも見せてと書いてあったんだけど、今持ってなくて。今日はうまくいけば日勤帯で終われるから、食事にでも行かない？」

どうしてそんなふうに私を誘うの？　清春くんの手紙があるとはいえ、高原先生には婚約者がいるんだよ？

「すみません。友達と約束をしていて」

私はとっさに嘘をついた。彼のそばにいたいのに、胸が苦しくて耐えられそうにない。

「そっか。それじゃあ、また今度」

「はい」

私はそれから倉庫に駆け込んで、呆然と立ち尽くす。

高原先生のことがわからなくなった。

彼も小谷先生のようにたくさん女性がいて、こうして誘うのも平気なの？

そうは思いたくないけれど、そんな考えが私を支配した。

「内藤さん、これ」

倉庫から持ってきた材料を手渡すと、内藤さんは私の顔をのぞき込む。

「都、疲れてる？　顔が青いよ」

昨晩よく眠れなかった上に、高原先生のさっきの発言。混乱して頭がクラクラしているけれど、これではいけない。

「大丈夫です。まだ手伝うことがあったら言ってください」

「ありがと。これから救急車入るから」

「はい」

救急は一瞬の気の緩みが死に直結する場所。事務の私たちだって、大切な情報を聞き漏らしたらもしかして……ということもある。

しっかりしなくちゃ。

私は気合いを入れ直した。

それから、救急車が続いた。ひっきりなしに鳴るサイレンにちっとも慣れることはない。しかし少しずつ要領はわかってきた。

「松浦さん、外科の先生の応援呼んで」

通常こういう要請は師長かそのときのリーダーナースが行うが、ナースは走り回っていて誰も手が空かない。

酒井先生に言われて病棟に電話をすると、すぐに高原先生が来てくれた。

「酒井、こっちやるから」

「ありがとう。助かったわ」

高原先生はすぐに初療室に入っていった。

頭部挫傷で運ばれてきたこの患者は、お酒のにおいがプンプンする。

名前もわからず、とりあえずIDを持っていくと、高原先生が全身を調べていた。

「松浦、レントゲン呼んでくれる?」

「はい」

内線で放射線科に手配を済ませて戻ると、高原先生は腹部エコーで診ている。

「レントゲン、すぐに来てくれるそうです」

「サンキュ。ナースは誰かいない?」

「それが、今は誰も」

救急車が重なることはよくあるが、今日は特に多い。

「そっか……。頼みがある」

「はい」

患者は額から大量に出血をしている。ガーゼが真っ赤に染まるのを見て震えながら返事をした。

「骨折の疑いはあるが全身状態は問題ない。出血がひどいからとりあえず額を縫合したいんだけど、動かれては困るんだ。押さえられる？」

彼は私が血が苦手だと知っている。しかしナースが戻ってくる気配もなく、緊急を要するのだろう。

「わかり、ました」

「今から頭の傷を縫合します。動かないでください」

私が了承すると、高原先生は大きな声で患者に語りかけた。けれど、酔っているせいか返事すらない。

「そこのグローブはめて」

「はい」

一気に緊張が高まる。

押さえるだけならできそうだけど、相手は酔っぱらい。なにがあるかわからない。

それに、出血がひどくてグローブもすぐに血まみれになる。

私は極度の緊張で呼吸が荒くなるのを感じながら覚悟を決めた。

「大丈夫。頭部は毛細血管が多いから出血もひどい。けど傷は浅いから」

「はい」

「しっかり強めに押さえて」

高原先生の言う通り、力を入れて患者の頭を押さえると、縫合が始まった。

麻酔が効いているおかげで痛がる様子はないものの、酔っていて治療されているという意識がないからか時々動こうとするので、そのたびに冷や汗が出る。

「そう。その調子」

彼は、顔をそむけながらも必死に押さえる私に、励ましの声をかけ続ける。

しかし、患者がビクッと大きく動いてひどく慌てた。

「大丈夫だ。もう少しで終わる」

高原先生にそう言われてもう一度押さえ直したが、見ないようにしていた傷口が目に入ってしまった。するとたちまち鼓動が速まりだして、冷静ではいられない。それなのに彼がすさまじい速さで縫合を進める様子に目が釘付けになった。

小柴部長が認めるほどの腕前の彼は、少しも迷うことなく特殊な針を操る。最後にするすると糸を縛り、「これで終わり」と私に声をかけた。

「松浦。平気か？」

「……はい」

床に転がるガーゼは血で真っ赤に染まり、私たちのグローブは血だらけだ。

私は処置が終わって気が抜けたのか、視点が定まらず動けない。

「よくやった」

高原先生はその様子に気がついて、立ち尽くす私のグローブを外してくれる。

「ありがとう、松浦。本当に助かった」

彼は私の顔をのぞき込み、心配そうにしている。

しかし私は声を出すのもままならず、小さくうなずいてから初療室をあとにした。

怖かった。傷は浅いと言っていたが、出血は大量だった。

でも不思議と血への恐怖より、手助けができたことの満足感のほうが勝っている。

当然、医療行為をしたわけではない。ただ、押さえるのを手伝っただけ。

たったそれだけでも、患者を救うことに全力を傾ける先生たちの気持ちが少しだけわかった気がした。

結局その患者は骨折も認められず、酔いがさめたら帰宅できることになった。

「松浦」

　そのあとパソコンの入力作業をしていると、高原先生がやってきた。

「ホントに悪かったな。大丈夫か？」

「はい。動いてしまってごめんなさい」

「いや、十分だ」

　眉をひそめて私を見つめる彼は、「気分悪くない？」とさかんに心配している。

「大丈夫です。ちょっと緊張しましたけど、先生たちの偉大さが改めてわかりました」

　先ほどの縫合のように素早く的確に処置したり、もっと複雑で難しいオペを日々こなしている先生たちには頭が下がる。

「そんなことないさ。松浦がいないと、ＩＤの作り方もわからない」

　高原先生はいつも優しい。けれども今日はその優しさがつらかった。これ以上心を奪われたら、どうしていいかわからない。

「高原先生、ありがと。助かったわ」

　そこへ酒井先生が入ってきた。彼女のほうも一段落したようだ。

「すごい数だったんだな」

　受付表をチラッと見た高原先生がつぶやく。

「そう。昼前からコールが鳴りっぱなしだったのよ。心筋梗塞《しんきんこうそく》に重度熱傷、骨盤骨折と熱性けいれん。あとは……」

先生たちが処置した症例は、今日だけでも驚くほどの数になる。

「そうか。お疲れ」

「うん。そろそろ交代の時間ね。食事にでも行かない？」

酒井先生が高原先生を誘うので、途端に心臓が大きな音を立て始める。

「あー、悪い。カンファレンスがあるんだ」

「そっか。残念。それじゃ、また今度」

肩を落とした酒井先生はスタッフルームに入っていった。

カンファレンスって。さっき私を誘ったときは日勤だけで帰れると言っていたのに。

「じゃ、お疲れ」

高原先生も救急を出ていく。

彼がどうして酒井先生の誘いを断ったのか気になったものの、聞きたくても聞けなかった。

仕事が終わり更衣室に行くと、那美が待ち構えていた。

「お疲れ。ね、小谷先生の噂、聞いた？」

「噂って？」

彼女は左右に視線を送り、「とりあえず出よ」と提案してきた。ここでは話しにくいんだろうな。

私は彼女と一緒に、病院の近くにあるカフェ『プレジール』に向かった。

カウンターで注文を済ませたあと窓際の席に向かい合って座ると、早速口を開く。

「それでなに？」

「浩一《こういち》に聞いたんだけどね。小谷先生と仲のよかった整形病棟のナースがすごく不機嫌らしいよ」

浩一というのは、薬剤部にいる最近付き合い始めた那美の彼氏。彼は入院患者の薬の管理もしているので、病棟にもよく顔を出す。

でも、それがどうかした？

「あれ、反応が薄いね。小谷先生、都に夢中で身辺整理してるって聞いたんだけど」

「えっ……」

那美の話を聞いて、昨日の小谷先生の話が嘘ではないとわかった。けれども、私のことまで噂になっているのは、正直困る。

「なんか、うれしくなさそうだね……」

浮かない様子の私を見て、那美は声のトーンを下げる。

「実は、小谷先生に告白されたの。今までの女性関係も正直に話してくれたし、〝関係のあった女とは完全に手を切った〟とも言ってた」

とはいえ問題はそれだけじゃない。一番大きいのは私の気持ちだ。

「そっか。そう言われても、不安だよね」

私は曖昧にうなずいておいた。

高原先生への気持ちはしまっておかなければ。彼に迷惑がかかるのだけは嫌だから。

「けどさぁ、研修医の先生ってイケメンばかりだよね」

那美は気まずいと思ったのか、注文したコーヒーとカフェオレが運ばれてきたのをきっかけに、話を変えた。

「そうだね」

いつも明るくて人当たりのいい小谷先生は当然のようにモテるし、普段は寡黙《かもく》な感じの高原先生も優しくて人気がある。

「高原先生も」

「えっ？」

那美の口から高原先生の名前が出て、必要以上に反応してしまう。

「小谷先生以上に人気なんだって。でも、酒井先生と婚約してるって噂だし。酒井先生も美人よね」

きっと薬剤師の彼から聞いているのだろう。やはり高原先生が酒井先生と婚約していることは、有名な話なんだ。

私……ちょっと優しくしてもらえたからって、勘違いも甚《はなは》だしい。高原先生に、その気なんてなかったのに。

「そうだね」

「だけどあのふたり、本当にうまくいってるのかな」

那美が気になることを言い出したので、コーヒーを口に運ぶ手を止めた。

「どういう、こと？」

「うん。酒井先生のほうは高原先生にベタ惚れだけど、高原先生はそうでもないって噂だよ。まあ、高原先生クールだし、そう見えるだけでふたりきりになればデレデレかもしれないけど」

勝手な想像をしてクスクス笑う那美は、カフェオレをゴクンと喉に送る。

「どうかな……」

高原先生は酒井先生の誘いをサラリと断ってはいたが、もしかしたら本当にカンファレンスが入ったのかもしれないし。

「小谷先生のことどうするの？」

「お断りするつもり」

というか、もう断ったが、納得してもらえなかったのでそう答えた。

「そっか。もったいない。小谷先生、今までいろいろ噂はあったらしいけど、今回は本気なんじゃないかって、皆言ってたのに」

「……うん」

小谷先生は、おそらく真剣に私に向き合ってくれている。そうでなければ、自分のよくない過去をさらけ出して、頭を下げる必要はない。

「でも、断るのも大変だよね。一緒に働いてるとさ」

週に何度も顔を合わせると、やはり気まずい。しかし、高原先生のことが好きなのに、小谷先生との交際を承諾するなんて考えられなかった。

「うん。まあ、頑張るよ」

そんなはっきりしない返事しかできなかったが、那美は納得してくれた。

那美と別れて家に向かう途中、天気がよくて澄んだ空には、キラキラと星が瞬いている。上弦の月は柔らかい光を放っていて、張りつめていた心を緩めてくれた。

マンションに到着して、エントランスにある郵便受けをのぞくと、封筒が入っている。

宛先も差出人の名前もない封筒に首を傾げながら開けると、その中には飴《あめ》が一粒入っている。そして……おそらく清春くんが描いたと思われる絵が。

「すごく上手」

高原先生、清春くん、そして私が並んで手をつないでいるその絵は、三年生とは思えないほど完成度が高い。

絵の中の私は、満面の笑みだった。

そして、封筒の中に、【お疲れさま。気分が悪くなったら、すぐに連絡して。いつでもいいから。　高原】というメモを見つけた。

「高原先生……」

わざわざこれを届けるために来てくれたの？　カンファレンスは終わったの？

慌てて外に飛び出したものの、彼の姿はどこにも見えない。

どうしよう。こんなに優しくされたら、ますます好きになってしまう……。忘れなくちゃいけないのに。

「疲れたときには、甘い物、か……」

私はいちごミルク味の飴を握りしめ、しばらく立ち尽くしていた。


部屋に帰ると、もう一度清春くんの絵をまじまじと見つめる。

公園では、高原先生も清春くんもいい笑顔をしていた。

私の頬に触れた高原先生の手の温もり。『都』と呼ばれたときのドキドキ感。

あの日のことを今でも鮮明に思い出せるのに、高原先生は一気に遠くに行ってしまったような気がしてため息が漏れる。

私はスマホを握りしめてしばし画面を見つめる。

彼の声が聞きたい。彼に、会いたい。

しかし、どうしても発信ボタンを押すことはできなかった。


次の日の外科系当番は、小谷先生だった。

「おはようございます」

いつものようにとびきり元気に入ってきた彼は、チラッと私に視線を送って微笑んだ。

「内藤ちゃん、今日もよろしく」

「小谷先生、いつにもまして元気ですね」

「おぉ、夜遊びをやめたからね」

背中越しに聞こえる会話に緊張が走る。

「えー、遊び人の小谷先生が？」

内藤さんは容赦ない。

「そう。反省したんだ」

「雨が降るわ」とつぶやく内藤さんに、小谷先生はクスクス笑い声を漏らしている。

小谷先生とどう接したらいいのかと迷っていたけれど、意外にも彼は今まで通りで困ることはなかった。


その日は、外科系の患者が連続して入ってきた。

目が回るほど忙しいのに、小谷先生は落ち着いている。そして、診断は正確だった。

「師長、脳外の先生にコールしてください」

小谷先生は血に染まるグローブ姿で師長に声をかけたあと、私を見つけてさらに指示を出す。

「松浦。CT行くから、放科に連絡しといて」

「わかりました」

いつもスタッフルームでは〝松浦ちゃん〟と呼ぶ彼も、診療中は別。

私たち事務員も走り回っているうちに、あっという間に交代の時間がやってきた。

業務を終えて救急を出ると、待合室のベンチに座ってため息をついている小谷先生が目に入る。

「お疲れさまでした」

いつも元気な彼が珍しく疲れた顔をしている。それくらいハードな勤務だった。

「おぉ、お疲れ」

彼は口角を上げて笑ってみせたものの、いつものような覇気《はき》がない。

「大丈夫ですか？」

「うん。サンキュ。松浦ちゃんに心配してもらえるなんて、最高の贅沢」

いつもの調子が戻ってきたと思ったのに、彼はふと真顔になり私を見つめた。

「きっと松浦にわかってもらう。俺、本気だから」

「先生、私……」

私の答えがNOだとわかっているからか、彼は困ったように微笑む。

「今は聞かない」

「失礼、します」

なにも言えなくなった私は小さく頭を下げて、その場をあとにした。

更衣室に向かう廊下で「松浦」と私を呼ぶ声が聞こえる。声のほうに視線を移すと、高原先生が足早に近づいてきた。

「先生、昨日はありがとうございました」

そういえば彼が家まで来てくれたことに動揺して、お礼のメールすらしていない。

「いや、早く見せたくて」

彼はどうしてこんなに優しく笑うのだろう。

「清春くんの絵がうますぎて、びっくりしました」

「そうだろ？　清春は体も小さいし無理もきかない。けど、絵の才能は抜群なんだ」

高原先生は、まるで自分の息子のように自慢する。

そんな彼が好き。清春くんのことをきちんと評価してあげられる彼が。

「だから自信を持てって励ましてるんだけど、なかなかね」

人は得意なことより劣ることを気にしがち。それはきっと、冷たい言葉を浴びる機会があるからだ。清春くんもいじめにあって傷ついているんだろうな。

喜怒哀楽の度合いが強ければ強いほど、脳は鮮明に記憶すると聞いたことがある。つまり、深く傷ついたことは記憶に残りやすい。逆に言えば、それを上回るような〝喜〟と〝楽〟の感情をこれから増やしてあげればいい。

「清春くんの絵、褒めてあげたいな」

「やっぱり、松浦は思った通りのヤツだな」

「えっ？」

それはどういう意味？

「今度清春が外来のとき、松浦のところにも顔を出すように言ってみるよ。もしも会えたら、メチャクチャ褒めてやってくれる？」

「それはもちろん。お礼も言わなくちゃ」

あんなに素敵に描いてくれたお礼と……三人で楽しい時間を持たせてくれたお礼も。

「うん。それで、松浦は大丈夫だったのか？」

「はい。ご心配をおかけしました」

心配そうに私を見つめる彼に頭を下げると、「俺が無理やり手伝わせたから」という声が耳に届く。

「すごく緊張しました。でも、お手伝いできてうれしかったです」

血を見るとまだ震える。しかし、失われる命より怖いものなんてない。

たったあれだけのことで〝手伝い〟なんて大げさだが、実際に治療に立ち会い、高原先生が心臓マッサージを止めない理由がわかった気がした。

そう伝えると、彼は私をまっすぐ見つめて視線をそらさない。

「ありがとう。やっぱり松浦はこの仕事に向いている。俺も負けないように頑張るよ」

いまだ血が克服できていないのに、向いているのかどうかわからない。けれど、私も救急で少しでも役に立ちたい。

「それじゃ、お疲れ」

「お疲れさまでした」

彼はまだ帰れないのだろう。

私は病棟へと足を進める彼のうしろ姿をしばらく眺めていた。

手が届かない人の、背中を。


いよいよ本格的な夏到来。

七月下旬の今日は、外を歩くだけで汗が噴き出す。

救急は穏やかな日もあれば忙しい日もあるが、毎日緊張の連続だ。

今日は外科系が小谷先生、内科系は酒井先生のコンビ。内科系の疾患が多く、手の空いているときは小谷先生も手伝っていた。

「小谷先生、消防からコールです」

「了解」

私が処置中の小谷先生に声をかけると彼はグローブを外しながらやってきて、受付の電話を取った。

「――はい。受け入れ可能です。何分で到着しますか？」

どうやら患者の搬入が決まったようだ。

「交通事故を受ける。あとよろしく」

私に受話器を渡した先生は、すぐに初療室に戻っていった。

小谷先生が受け入れた患者は重症だった。到着するとすぐにナースが走り始める。

身元不詳のままＩＤを作り初療室に持っていくと、小谷先生が心臓マッサージを始めていた。

もう心臓が止まってるんだ……。

緊張の面持ちで初療室を出ると、「戻った！」という小谷先生の大きな声がする。

心拍が再開したようだ。

ホッと胸を撫で下ろしていると、次から次へと小谷先生の指示が飛んでいる。

緊迫した状態でも冷静に診断できる先生たちは、本当にすごい。

それから様々な検査があっという間に行われ、外科の先生が呼ばれて緊急手術が決まった。

患者が初療室を出ていくと、汗びっしょりの小谷先生が大きなため息をつきながらスタッフルームに戻ってきた。

「お疲れさまでした」

「うん、ありがと。松浦ちゃん、悪いんだけどコーヒー淹れてくれない？」

「わかりました」

彼は気力も使い果たしたという感じで、白いソファにどさっと座り込む。すぐにコーヒーを持っていくと、視線を宙に舞わせて考え事をしているような姿が目に入った。

「失礼します。コーヒーです」

コーヒーには砂糖とクリープを添えた。

「あはは。よくわかってる」

いつもはブラックの小谷先生だけど、疲れたときには甘いもん、だから。

「患者さんを助けていただいて、ありがとうございました」

先生が心臓マッサージを始めたとき、もうダメかもしれないと震えた。しかし、命は助かりそうだ。

「緊張するよ」

「えっ？」

コーヒーをひと口喉に送った彼は、予想外の言葉を口にする。

「自分の手に命が委ねられていると思うと、本当は震えるほど怖い」

あんなに堂々としているのに？

「松浦……」

名前を囁かれた瞬間、突然立ち上がった彼に腕を引かれ、抱き寄せられていた。

「誰かにそばにいてほしい」

慌てて離れようとしたのに、解放してくれない。それどころかますます腕の力を強める。

「先生……」

「俺は弱いんだ。松浦にそばにいてほしい」

そう言われても……。だって私が好きなのは……。

「あっ、ごめんなさい」

そのとき背後からナースの声がして、小谷先生は慌てて私を解放する。

「失礼します」

気まずくなった私は、頭を下げて受付に戻った。

どうしよう。誤解されたかも……。

困り果てたまま、その日の業務は終了した。

翌日の帰り、更衣室に向かうと那美が私を待ち構えていた。

「ちょっと、都」

「どうしたの？」

「どうしたのじゃないよ。早く着替えて」

急かされて着替えを済ませると、更衣室から連れ出された。

病院を出たところで那美は立ち止まり、もう待てないとばかりに話を始める。

「小谷先生と、どうなってるの？」

「どうって……なにも」

那美は怪訝《けげん》な視線を私に向ける。

「浩一が言ってたんだけど……」

「うん」

「ふたりがとうとう付き合い始めたって噂になってるよ。例の整形のナースが、都が小谷先生をそそのかしたって怒ってるみたい」

彼に抱き寄せられたのを見られたからだ。

でも、そそのかしたりしてないし、小谷先生の彼女でもない。

どうしたらいいだろう。わざわざそのナースのところに行き、『付き合ってません』なんて言うのもおかしい。

「ナース同士でもこういう揉め事は時々あるみたい。居心地が悪くなって辞めた人もいるって噂だよ」

辞める？　そんなのは嫌だ。

やっと仕事をひと通り覚えて、救急に関われることに誇りを持っているのに。

「女の嫉妬は怖いわよ。都、気をつけな」

「……うん。ありがと」

ただ、気をつけろと言われてもどうすればいいのかさっぱりわからない。小谷先生に助けを求めるのも変だし、逆効果になりそうだ。

私はモヤモヤした気持ちを胸にしまい込んで、その日は帰宅した。

部屋のローボードの上には、清春くんがくれた絵が飾ってある。

いつからか疲れて帰ってくると、手に取って眺めるのが習慣になっている。心が穏やかになるからだ。でも、今日は……。

「高原、先生……」

那美が知るほど噂になっているということは、きっと高原先生の耳にも届いているに違いない。

勝手に涙がポロリと落ちていく。

「これで、よかったのか、な……」

高原先生にはどうしたって手が届かない。小谷先生と付き合うつもりはないけれど、彼をあきらめるきっかけにはなるかもしれない。

「つらいよ、先生……」

誰かに恋い焦がれるということが、これほどまでにつらいことだと初めて知った。

今の私には、清春くんの絵を胸に抱いて静かに涙を流すしかできなかった。

どんよりと雲が広がるはっきりしない天気の翌朝。

更衣室に入った瞬間、チラチラと私を盗み見ている同僚の視線を感じる。

噂が広まるのは早いものだ。特に色恋沙汰は、あっという間。

「都、大丈夫？」

「うん、平気」

那美が心配してくれたものの、私はできることを精いっぱいやるだけ。

救急まで行くと、入口に見たことのないナースが立っている。

「おはようございます」

挨拶をして通り過ぎようとすると、肩を押されて止められた。

「あなたが松浦さん？」

「はい。そうです」

どうして私を知ってるの？と思ったところで気がついた。きっと小谷先生と関係があったナースだ。

「話があるんだけど」

「すみません。もう時間がないんです」

「いいから、来なさいよ！」

彼女は私をにらみつけるが、救急車のサイレンの音が近づいてくる。

「今は無理です。救急車が入ります」

「なに言ってんのよ。他人の男に手出しといて！」

ナースなんだから、当然納得してくれると思った。しかし……頬に鈍い痛みが走る。

叩かれたのだ。

「誤解です」

「言い訳するの⁉」

さらに語気を強める彼女は、私に詰め寄る。

「救急車が入るんです。あとにしてください！」

先生たちの全力の治療を知っている私は、どうしても引き下がれなかった。

「何事だ」

騒ぎを聞きつけて救急のスタッフルームから出てきたのは、高原先生。

こんなところを見られたくなかったのに。

「松浦、脳梗塞の疑いが入るぞ。すぐにＩＤ用意して」

「はい」

彼は私の赤くなった左頬をチラッと見てから、そう言った。

「それからお前。ナースなら、なにが一番大事なのかわかるだろう。それと、松浦はそんないい加減なヤツじゃない」

「行くぞ」と私を促した高原先生の顔を思わず見上げる。

こんなに噂になっているのに、かばってくれたの？

「八十歳男性。倒れてからどれくらい経ったか今のところ不明だ。消防から確認でき次第連絡が入るから、そのときはよろしく」

彼は何事もなかったように、受け入れ準備のために初療室に入っていく。

私はすぐさまＩＤとカルテ作成に入った。

小谷先生と噂のあった整形のナースが私を待ち構えていたのを知っている救急のナースたちは、遠巻きに私の様子を見ていたが、黙々と働いた。

『そんないい加減なヤツじゃない』という高原先生の言葉がうれしかったから、耐えられる。

小谷先生との交際の噂を否定できたわけじゃない。でも少なくとも、私が軽い気持ちで誰かと付き合ったりしないと、高原先生はわかってくれている。

それだけで泣きそうにうれしかった。

脳梗塞の患者は、高原先生の必死の治療もありなんとか一命を取り留めた。

脳外科に患者を引き継ぐと、彼が受付に顔を出した。

加賀さんと中川さんは席を外していて、一瞬、気まずい空気が流れる。

「お疲れさまでした」

たまらなくなってそう言うと、彼は近づいてきた。

「松浦」

「……はい」

ドクドクと暴れだした心臓が、私の顔を真っ赤に染めていく。彼が公園のときと同じように私の頬に手を伸ばしたからだ。

「平気、か？」

「はい。すみませんでした」

大きな手が離れていくのがさみしくてたまらない。

感情が激しく揺れ動いて、どうにもコントロールできなくなる。

「松浦が謝ることじゃない。……今日は救えたよ」

「はい」

彼はそれだけ言い残して、スタッフルームに入っていった。

その日は、業務が終了すると一番に救急を飛び出した。私のことをチラチラ見ているナースの目が気になったからだ。

帰りにすれ違った内藤さんは夜勤で、今日の出来事を知らない。

更衣室に向かっていると、「待って」という小谷先生の声が聞こえてきて足を止めた。すると、私の前に回り込んだ彼は、いきなり頭を下げる。

「松浦、ごめん。アイツが、なにかしたみたいで……」

アイツというのは整形のナースのことだろう。なにをしたのか詳しくは知らないようだ。

「いえ、大丈夫です。失礼します」

私は小谷先生に会釈したあと、再び歩き始めた。

今、ふたりでいるところを見られたらもっと噂が広がる。もう一度彼にはっきりと断るつもりだったが、病院内ではまずい。

「いや、待って」

それなのに小谷先生は私の腕をつかんで引きとめた。

「ごめんなさい」

少し冷たい言い方になってしまった。けれども、周りの目があるここではこれ以上話せない。私は彼の手を振り切って、その場から離れた。

病院から出て歩いていると高原先生からスマホに電話が入り、驚きながらボタンを操作する。

『松浦？　よかった、つかまった』

もしもしと言う隙もなく、高原先生の声が飛び込んでくる。なにか急用だろうか。

『今、どこ？』

「もうすぐ駅です」

『すぐに行くから、駅で待っててくれない？　それじゃ』

すぐに来る？

慌ただしく切れたスマホを唖然と見つめる。

不思議に思いながらも高原先生をソワソワしながら待ってしまうのは、彼に会えるのがうれしいからだ。

彼は十五分ほどして車に乗って姿を現した。

「お待たせ。乗って？」

「はい」

わけもわからず助手席に乗り込み、シートベルトを締める。

「あの……」

「飯、食いに行こう」

チラッと私に視線を送る彼は、柔らかな笑みを見せる。

「……はい」

誤解から救急のナースにまで冷たい視線を浴びてモヤモヤした気分だったが、誘われたことがうれしくてうなずいた。

レストランに行くのかと思いきや、高原先生はドライブスルーでハンバーガーを買い、再び車を走らせる。

「どこに行くんですか？」

「秘密の場所。松浦に特別教えてやる」

それきり彼はなにも言わない。

高原先生は海浜《かいひん》公園の駐車場に車を停めたあと、私を促して歩き始めた。

「間に合うかな」

「なにがですか？」

まるで少年のように目を輝かせた彼は、問いかけに微笑むだけで答えをくれない。

そして、「急ぐぞ」と私の手を不意に握った。

こんなことをされると、ドキドキしすぎて心臓が破れてしまいそうになるのに。

私は胸の高鳴りがバレてしまわないか心配しながら、彼に続く。やがて海を見渡せる高台に着くと、手を離された。

「あっ……」

「間に合った」

私たちの視線の先には……水平線に沈んでいく太陽。海面をオレンジ色に染め、幻想的な雰囲気を醸《かも》し出している。

「きれい……」

思わず声を漏らすと、「そうだろ」と彼は目尻を下げている。

もしかして、落ち込む私のためにここに連れてきてくれたの？

「先生──」

「夕焼けって、どうしてオレンジ色なのか知ってる？」

彼は私の言葉を遮り話し始めた。

「いえ……」

「光には長い波長と短い波長があるんだ。青い波長は短くて、赤は長い。夕方になって太陽と俺たちの距離が長くなると、大気中の塵《ちり》で散乱しやすい青の波長はここまで届く前に消失してしまう。でも、散乱しにくい赤は届くんだ」

「詳しいんですね」

うなずく彼はベンチに座り、私も促した。

彼の隣に座るだけで、心臓が張り裂けんばかりに鼓動を速める。

「自然現象はよく知ってるぞ。病室からは空しか見えなくて、いつも図鑑で調べては外の世界を勝手に思い描いてたんだ」

入院が長くて外に出られないとなると、できることは限られてしまうのか。

「松浦、逆さの虹って見たことある？」

「逆さ、ですか？」

「うん。正確には環天頂《かんてんちょう》アークと言うんだけど」

太陽が海面に吸いこまれていく様子を見つめながら、心地いい彼の声に耳を傾ける。

「太陽の下方に出現する虹で、大気中の氷の結晶が太陽光を屈折することで生じるんだ。だけど、その氷晶が六角板状で六角形の面が水平にそろっていないと見られない、珍しい現象なんだよ。俺、オタクだろ」

詳しすぎる説明は私には難しすぎてピンとこないけれど……白い歯を見せて笑う先生につられて、自然と笑顔になる。

「清春にも教えてやったらアイツも詳しくなったんだ」

目を細める高原先生の横顔が、オレンジ色に染まっていた。

夕日が……もう少しで沈んでしまう。

「入院中、つらい治療を忘れて唯一夢中になれる時間だったな。松浦に会ってから、どうしてかあの頃のことをよく思い出す」

「そう、なんですか？」

「あぁ。あの頃はつらい、苦しい、という感情しかなかったと思い込んでた。けど、楽しかった時間もあったんだ。松浦と話していると、楽しい思い出のほうがよみがえる」

彼は私を見つめて、口元を緩める。

「でもあの頃は、俺の命をつなぎとめたいと必死になってくれた人にすら、当り散らしていた。反省してる」

幼い子が外にも出られず、死の足音におびえていたのだから、それは仕方がないこと。話を聞くだけでも胸が苦しい。

「周りの人たちは、先生の気持ちをわかっていたと思いますよ」

「そうだといいな。俺……今、こうして生きていることに幸せを感じている」

「はい」

彼が生きていてくれたから、出会うことができた。

それに……つらい経験をしたからこそ、彼は命の重みを誰よりもわかっている。

「だから、助けてくれた先生には頭が上がらない」

どうしてだろう。そう言った高原先生の顔が曇った気がした。

「先生は、十分に恩返しをされていると思います」

必死に患者と向き合い手を尽くす彼は、助けられた命の重みを受け止めながら、別の命を救っている。

「ありがとう。でも、松浦も貢献してるんだぞ」

「私はなにも……」

私は先生たちの手助けをしているだけ。

「そうかな」

「えっ？」

——太陽が、完全に海に飲み込まれた。

「俺は松浦が近くにいてくれるとホッとする。患者を救えなかったときの無力さは耐えがたいものだった。でも、次は必ず救うと気持ちを切り替えられるようになった」

高原先生の透き通った瞳に吸い寄せられる。

ホント、に？　役に立てているの？

沈んでいた気持ちが、浮上してくる。

「さて、腹減ったな。食べようか」

彼は暗くなり始めた空の下で、ファーストフードの袋を開けた。

まるで清春くんと一緒に公園に行ったときみたいだ。

「おいしい」

自然の偉大さを感じながらの食事は、格別だった。

「そうだろ？」

ニコニコ笑う先生も、リラックスしているように見える。

「先生、星も詳しそうですね」

「よくわかったな」

自慢げな顔をする彼がおかしくて、頬が緩む。

「この時期は、春と夏の星座が混在している。西の空には春の大三角のひとつスピカも見られるし、東の空には夏の大三角、ベガ、デネブ、アルタイルも見られる。すごくお得な季節だよ」

「お得って……」

クスッと笑うと、先生もおかしそうに声をあげて笑う。

「よく見てたな」

彼は両手を丸めて望遠鏡のような形を作り、のぞき込む。私も真似してやってみると、星が数個きらめいていた。

「ベガは、織姫星なんだ」

「そうだったんですか！」

きっと昔は知っていたはずなのに、すっかり忘れている。

「一年に一度会える彦星のアルタイルは、まだ低い位置にある」

彼は東の空を見つめてから続ける。

「一生に一度の出会いかもしれないと、感じたんだけど……」

彼は隣に座る私に切なげな視線を送り、意味深なことを囁いた。

それは、どういう意味？

「天の川を渡るのは、簡単じゃないんだな」

辺りが暗くなってきて、ベンチの上にあった電灯がともる。その明かりに照らされた高原先生は悔しそうに唇を噛みしめる。

私は彼の苦々しい横顔から視線をそらせなくなった。

先生は今、なにを思っているんだろう。たまらなく彼の心に触れたい。けれど、もちろんそんなことができるはずもなかった。

それから私たちは、徐々に暗くなる夜空を見上げていた。

星がさらにひとつふたつと輝きだしたとき、突然彼のスマホが鳴ってビクッと震える。

「——わかった。すぐ戻る」

患者の急変だろう。高原先生の表情がキリリと引きしまる。

「ごめん。病院から呼び出し」

「いえ。連れてきてくださって、ありがとうございました」

「元気出せ」

「はい」

私の頭をポンと叩いた高原先生は、もう一度空を見上げてから歩きだした。

「家まで送れなくて悪いんだけど……」

「ここで大丈夫ですから行ってください」

「まさか。こんなところにかわいい女の子ひとりで、置いていけないぞ?」

かわいいなんて言われると、たとえ社交辞令だとわかっていても心臓が高鳴るのを抑えられなくなる。

それから高原先生は、病院に向かう途中の駅で降ろしてくれた。

彼の車を見送ると、途端にさみしくなる。

もう二度とふたりで星を眺めるなんて機会はない。今日はラッキーだっただけ。

そう自分に言い聞かせて高揚した気持ちを落ち着けようと空を見上げても、じわじわ視界が曇ってきて星がよく見えなかった。

帰りの電車の中でスマホをバッグから取り出し、手を動かし始めた。小谷先生にメールを送るためだ。はっきり断りを入れなければ。

【お話ししたいことがあります。時間ができたら連絡していただけますか?】

高原先生は手が届かない人だと十分に理解している。でも、どうしても忘れられない。

私は自分の気持ちを再確認したあと、送信ボタンを押した。

翌日からも、私に突き刺さる視線は変わらなかった。

小谷先生を奪ったという噂に加えて、その恋敵から殴られたというはたから見れば
おもしろい話題は、あっという間に病院中を駆け巡《めぐ》った。

けれど小谷先生と付き合っていない私は、ただ黙って仕事を続けるしかない。

「都、ちょっと……」

患者の切れ間に、内藤さんが私をスタッフルームに呼ぶ。

「聞いたよ。あの噂、本当なの？」

「いえ。事実ではありません」

「だよねー」

よかった。内藤さんは私を信じてくれる。

「まったく、小谷先生の女癖が悪いのが原因よ。ちょっと仲良く話しているだけで、
噂になっちゃうんだから。先生にガツンと言ってあげるよ」

内藤さんの心遣いはありがたかったものの、私は首を横に振った。

今までの小谷先生の行いは批判されても仕方がない。しかし今は、私のことを真剣
に考えてくれていると感じるから。

「内藤さん。私は大丈夫です」

本当はちっとも平気じゃない。しかし、私が向き合うべき問題だ。

「このままじゃ、都がひどい女みたいじゃない」

「いいんです。内藤さんが怒ってくれてうれしいです」

彼女は眉をひそめて、ため息をつく。

「都がそう言うのなら……。でも、聞かれたら否定しておくわよ」

「ありがとうございます、内藤さん」

結局、小谷先生が本気で私を好いてくれていることを、内藤さんには話せなかった。

ただの噂だったと終わらせたほうが、きっと彼は傷つかずに済む。

その日、小谷先生から【よくない返事は、まだ聞かないよ】という返事があった。

困ったな。彼のまっすぐな気持ちを、メールで断ることもできない。きちんと顔を見て話さなくては。

こんなときにどうしたらいいのかなんて、恋愛経験が少ない私にはわからなかった。


週明けの七月最後の月曜日。

小谷先生は土日を挟んで学会に行っているらしく、あれから話もできていない。

私はモヤモヤした気持ちを抱えながらも、いつものように黙々と働いていた。

その日の内科系当番の酒井先生は相変わらず美しく、女の私から見てもため息が出るほど。女の魅力だけでなくドクターという地位も兼ね備えた彼女に、どう考えても勝てる余地はなさそうだと落胆するばかり。それなのに、高原先生のことをきっぱりあきらめきれないでいた。

昼過ぎに仕事がようやく一段落すると、私に素敵な来客があった。

「都ー」

私を見つけて勢いよく突進してきたのは、清春くん。

「清春くん！　こんにちは」

「都、会いに来たよ」

小さな私の彼氏は、ニコニコ顔。

「外来だったの？」

受付の中はまずい。彼と話しながら待合室に移動した。

「うん。ママはまだ先生と話してる。僕、先に来ちゃった」

「そっかー。そういえば、あの絵見たよ。すごく上手！　今は私のお家に飾ってあるんだよ」

私の言葉に清春くんは照れた顔をして、ピースサインを作ってみせる。

「ねぇ、遊びに行こうよ。またサッカーやりたい」

「そうだね」

話していると診察を終えた酒井先生が通りかかる。彼女は私たちを見て不思議そうな顔をした。

「じゃあ、約束！　高原先生も一緒だからね」

清春くんがまだ小さな小指を出して、指切りをせがむ。

けれども私は一瞬ためらった。酒井先生が足を止めたのが視界に入ったからだ。

「都ー。早く、早く」

「うん」

しかし清春くんをがっかりさせたくなくて、小指を絡ませ指切りをした。

「清春」

そこへお母さんが慌てた様子でやってきた。

「こんにちは」

「先日は、ありがとうございました。清春が松浦さんに会いたいと聞かなくて」

酒井先生は、受付の奥のスタッフルームに入っていったようだ。でも、きっと声は聞こえている。

「私も会えてうれしいです。いただいた清春くんの絵があまりに上手だったので、お礼を言いたいと思っていたんです」

「この子、入院が長かったので絵ばかり描いていたんです。高原先生に一度褒められたら、ますますのめりこんじゃって」

高原先生の名前が出るたび、緊張で手に汗握る。私と高原先生が一緒に遊びに行ったなんて知ったら、婚約者である酒井先生は気分がいいわけがない。

スタッフルームにいる酒井先生が気になったものの、どうすることもできない。

「清春くん。絵、大切にするね」

「うん！」

清春くんは終始ハイテンションのまま、帰っていった。

そのあと受付に戻っても、酒井先生はスタッフルームから出てこなかった。

ほどなくして鳴った消防からのホットラインを取ろうとすると、誰かが先に出たようだ。ここでは受付以外にも、手が空いている人が電話に出る決まりになっている。

電話を取ったのは酒井先生だったらしい。スタッフルームから声が聞こえてきた。

「わかりました。受けます。あと何分で着きますか？」

どうやら救急車が入るようだ。

「受付に変わりますので、名前をお知らせください」

そのあとすぐに、「中川さん、救急車受けるから電話変わって」と大きな声がした。

「わかりました」

私は酒井先生の言い方に棘《とげ》を感じた。いつもなら誰とは指定しないのに。

けれども、そんなことを気にしている暇はない。

中川さんが電話で詳細を聞いたあと、手分けしてＩＤやカルテの作成を始めた。

酒井先生はスタッフルームから出てきたが、なにも言わずに初療室に入っていく。

彼女の様子が気になったものの、到着した救急車を見て気持ちを引きしめた。

「自宅で突然倒れ、激しい腹痛を訴えています。既往歴は――」

救急隊員から話を聞きながらストレッチャーに付き添う酒井先生は、鋭い目をしている。

「すぐにライン確保。エコー準備して」

初療室に入った途端、的確な指示が飛び始める。

「ＩＤできました」

「遅い！」

すぐに持っていったつもりだ。いつもと変わらないはずだった。

それなのに、酒井先生の怒鳴り声が響き渡る。

「すみません」

「一分一秒無駄にしないで！」

「はい」

私からIDをひったくるように受け取った彼女は、再び診察を続ける。

結局その患者は尿道結石で、泌尿器科へと引き継がれた。

その日はそれから救急車が入ることもなく、珍しく穏やかだった。

しかし酒井先生が怒っていることを知った私には、その静寂がかえってつらい。

スタッフルームから、酒井先生とナースの会話が聞こえてくる。

「昨日の患者さんは大変だったわ。耳が遠くて話が伝わらなくて」

「それで先生、どうされたんですか？」

「筆談よ。高原先生に教えてもらったことがあるの」

わざと高原先生の名前を出しているように聞こえてしまうのは、私の心が狭いからだろうか。

夜勤の事務員と引き継ぎをしていると、早々に申し送りを済ませた酒井先生が救急を出ていく。

あれからずっとピリピリした雰囲気が漂っていたので、やっと気が抜けた。

しかし、仕事をすべて終えて更衣室に向かう途中の渡り廊下で、酒井先生が私を待ち構えていた。

「松浦さん、ちょっと」

「はい」

きっと、高原先生のことだ。

いつもより目がつり上がっている彼女のあとに続いて中庭に出ると、酒井先生は振り向きざまに私を問い詰める。

「あなた、高原先生とどういう関係？」

「なにも、ありません」

「嘘おっしゃい！」

強い口調に、ビクッと体が震える。

「嘘ではありません」

好きなだけ。一方的に恋い焦がれているだけ。彼女が考えるような関係じゃない。

「それなら、あの子はなに？」

やはり全部聞いていたんだ。

「あの子は高原先生の担当患者で、以前先生に会いに救急に来たことがあります。そのときに私が偶然居合わせました。それで、一緒に遊びに行こうと誘われて一度だけ……」

隠していても仕方がないと思い、正直に話した。

「子供を使って、あなたがそう仕向けたんでしょ？」

「そんなことはしてません」

そんな卑怯《ひきょう》なことはしない。あんなにかわいい清春くんを、私欲のために使ったりできない。

「あなた、小谷くんを彼女から奪ったんでしょ？」

「それは、誤解です！」

酒井先生はとがった視線を私に向ける。

「なにが誤解よ。とんだ女ね」

私は何度も首を振って否定した。しかし、信じてもらえそうにない。

「奏多さんに今後いっさい近づかないで」

高原先生のことを名前で呼んだ彼女は、唇を噛みしめる。

これで高原先生が酒井先生と婚約していることが決定的になった。彼女に罵倒《ばとう》されていることよりも、その事実がつらい。

それから酒井先生は怒りに震えた様子で去っていった。

中庭にポツンと取り残された私は、ただ呆然と立ち尽くしていた。苦しくてたまらず、視界がにじむ。

私、ここからいなくなったほうがいいのか、な?

真っ赤に染まる空を見上げると、高原先生の優しい笑顔が頭に浮かぶ。

「先生。どうしたらいいの?」

彼が教えてくれた赤い光は私のところまで届いているのに、恋い焦がれる私の気持ちは青い光のように決して届かない。

最初から叶わない恋だとわかっていたのに、なんの覚悟もできていなかったと思い知らされた。


それからどうしたのか、自分でもよく覚えていない。

気がつくと、自分のマンションの前にいた。バッグの中からカギを探して取り出し部屋に入ると、玄関で脱力して座り込んでしまった。

失恋、しちゃった。

酒井先生と婚約しているという噂を聞いても、高原先生があまりに優しかったから、もしかしたら一パーセントでも恋が成就する可能性があるのではと期待してしまっていた。でも、世の中そんなに甘くない。

しばらく呆然としていると、バッグの中のスマホが震えている。

「高原、先生……」

スマホの画面に表示されたのは、高原先生の名前。いつもならうれしくてすぐに出るのに、そういうわけにもいかなくなった。

「どうして電話なんて」

酒井先生がいるのに……。

しばらく手の上で震えていたスマホは、やがて止まった。

着信履歴を確認すると、高原先生から三回も電話が入っている。

ねぇ、先生。優しくされると勘違いするんだよ。私みたいな愚《おろ》かな女は。

なんだか息苦しくなってしまい、窓を開け放つ。

「見えなく、なっちゃった……」

あのとき――海浜公園で高原先生が手を丸めて望遠鏡を作ったときのように両手を

合わせてのぞいてみたけれど、涙でにじんでなにも見えない。

「大好きでした」

私はもう口にできなくなったセリフを空に向かってつぶやいた。


翌日から私は、できるだけ人のいない時間に更衣室を使い、那美にも会わないようにした。那美はそんな私を心配してメールを送ってきたが、【心配しないで】とひと言だけ返しておいた。

あれから噂はどんどん広がり、いつの間にか私は完全な悪者になっている。那美にまで被害が及ぶのだけは避けたい。

こんなに居心地が悪くなってしまった今、別の病院に移ったほうがいいのかもしれないと本気で思い悩んだものの、どうしてもできない。

今の仕事にやりがいを感じ始めたこともあるし……たとえ想いが叶わなくても、高原先生の近くで働いていたかった。

「都。材料取ってきてほしいんだけど」

ナースの中でも内藤さんだけは今までと変わらず私に接してくれる。

「わかりました」

地下の倉庫に向かうためにエレベーターに乗ると、高原先生と鉢合わせした。オペがあるのだろうか。

「お疲れさまです」

顔を伏せて挨拶をすると、「お疲れ」と返してくれる。

私は彼に背を向けて、ボタンの前に立った。

「倉庫に行くのか？」

「はい」

どうしよう。まさかこんなところで会ってしまうなんて想定外だ。

あれから何度か電話をもらっているのに、一度も出ていない。

「松浦」

背中越しに聞こえる彼の声に、激しく動揺する。

「……はい」

「なにかあったのか？」

きっと電話に出ない私を不思議に思っているに違いない。

「いえ。なにも……。どうぞ」

エレベーターが地下に到着したので、高原先生を先に降ろして自分も出る。

すると彼はエレベーターを降りて少し行ったところで突然歩みを止め、振り返った。

「清春が、次はいつだとさかんに言うんだ」

そっか。それを電話してきていたんだ。

私もあの楽しい時間をもう一度持てたら、と思う。けれど……無理だ。

「ごめんなさい。私は、もう……。酒井先生を誘ってください」

その言葉を口にするのがどれだけつらかったか。私はいたたまれなくなって足を前に進める。

高原先生の横を通り過ぎたとき、ふわっと彼の匂いがして余計に苦しくなった。

「松浦」

切なげな声で私の名を呼んだ彼は、私の腕をつかんで止める。

「離して、ください」

冷静に声を絞り出しながら必死に涙をこらえた。

私に泣く権利なんてない。最初から婚約者のいる人を好きになった私が悪い。

懇願するように声を振り絞ると、彼はあきらめるように手を離す。

私はその隙に倉庫に駆け込み立ち尽くした。

これでいいの。

そう自分に言い聞かせても、勝手に涙があふれてくる。

私は口に手を押しつけて声を抑えながら、気が済むまで涙を流し続けた。


それから、平気な顔をして業務をこなすことだけが私の仕事になった。

小谷先生は学会から帰ってきたあと救急の業務にも携わったけれど、相変わらずのおちゃらけキャラで雰囲気を和ませてくれるだけ。

きっと彼は、今なにを言ってもよくない返事しかもらえないことに気づいているのだろう。ふたりで会おうともしない。

そして高原先生も、あれ以来話しかけてくることはなかった。


その日の最後の患者は、交通事故で運ばれてきた小学生の男の子だった。

ちょうど清春くんと同じくらいの背丈の彼は、一年生らしい。自転車に乗っていて左折したダンプのタイヤに巻き込まれ、素人の目からも重症だとわかった。

「ヘルメットは?」

「残念ながら被っていなかったようです」

救急隊員と言葉を交わす高原先生は、眉間にシワを寄せる。

「松浦、師長に脳外にコールしてもらって」

初療室にＩＤを届けると、高原先生から指示が飛ぶ。

「はい」

初療室の床には、ポタポタと滴《したた》り落ちる血液で血だまりができていた。

少し前ならそれを見るだけで震えていたが、今は違う。先生たちの懸命の治療を少しでも手伝うには、怖がっていないで私にもできることをしなくては。

「輸血の準備」

初療室を出ようとしたとき、高原先生の指示が聞こえてきて胸が痛む。

お願い。助かって！

師長にドクターコールを依頼すると、すぐに脳外の先生が走り込んできた。

「頭蓋骨骨折だな」

「はい。意識レベルが低下してきました。一刻を争います」

初療室から聞こえてくるふたりのやり取りは、ますます緊張を高まらせる。

「ＣＴの準備は」

「できています」

ナースの返事のあと、「行くぞ」という高原先生の声を最後に、初療室から人の気配が消えた。

「緊急オペになりそうね」

内科系の手伝いをしていたナースが、ボソリとつぶやく。

男の子のことが心配でソワソワしながら待っていると、しばらくして高原先生が戻ってきた。

先ほど、駆けつけた母親がナースが付き添われてオペ室に行ったばかりだ。

「お疲れさまです」

あの子は？

すがるように見つめると、高原先生は「あとは脳外の先生にお任せした。助かることを祈っている」と顔をゆがめた。

私は仕事を終えても帰る気になれず、オペ室のある地下に向かっていた。

ひんやりとした空気の中、母親の泣き声だけが響いている。隣には遅れてやってきた父親の姿もある。

部外者の私がオペ室の前まで行くわけにはいかず、少し離れた場所にあるボイラー室の前に立ち尽くしていた。自販機があるおかげで両親からは私の姿は見えないはず。

それから一時間経ってもオペは終わらない。

私はどうしても帰ることができず、胸の前で両手を合わせてひたすら無事を祈る。

そうしているうちに、近くのエレベーターから誰かが降りてきた。それは首から聴診器を下げた高原先生だった。

「松浦？」

彼は私に気がつき、近づいてくる。

「ごめんなさい、あの……」

「心配してくれたんだな」

コクンとうなずくと、不意に肩を抱き寄せられて腕の中に閉じ込められた。

「先生……」

慌てて離れようとしたのに高原先生は許してくれない。

私が不安に呑み込まれていることに、気づいてくれている――。

少しだけ、少しだけこうしていてもいいかな……。本当は彼にすがったりしちゃいけないのに。

酒井先生への懺悔を胸にしながらも、彼にしがみついてしまう。

怖い。たまらなく、怖い。

「先生！」

それから数分後。オペ室のドアの開く音がして、お母さんの叫び声が響いた。

「助かりましたよ。おそらく後遺症も心配ありません。最初の処置が適切でした。お子さん、よく頑張りましたね」

「ありがとうございます」

脳外のドクターの言葉を聞き、肩を小刻みに震わせて座り込んだ母親を、父親が慌てて支える。

私はその様子を見て涙を我慢できない。

続けてストレッチャーが出てくると、母親はすがりついて男の子の名を叫んでいる。

「麻酔が効いていますからね」

そうナースになだめられてもやめられない気持ちが、痛いほどわかった。

高原先生は私から離れ、オペの終わったばかりのドクターに近寄っていき頭を下げる。

「ありがとうございました」

「いや、高原先生の適切な処置がなかったら、危なかったよ。いい腕を持っているね」

私は高原先生のことを誇らしく感じながら、その場をこっそり去った。

執刀したのは脳外の先生だけど、彼の懸命の治療があの子の命を救ったんだと思う。

やっぱり、救急でずっと働いていたい。

高原先生のことはあきらめるしかないけれど、私はこの仕事が好き。


家に帰ると、高原先生からメールが入っていることに気がついた。

【松浦、ありがとう】

そのひと言だったが、うれしくてスマホを握りしめて立ち尽くす。

しかし、どうしても返事をすることができなかった。

私もお礼を言いたかったのに。あの少年を助けてくれた、お礼を。

「先生、見てますか？」

窓を開けて手で望遠鏡を作るのは、もう習慣になってしまった。

あれが、織姫かな……。

我が家の本棚には星座の本が仲間入りした。高原先生みたいに詳しくはないけれど、なんとなく星座の位置がわかるようになってきた。

そのとき、ふと『天の川を渡るのは、簡単じゃないんだな』とつぶやいた彼の苦い顔を思い出す。

それがどういう意味だったのか、いまだにわからない。

「織姫星にもなれなかった、な」

生ぬるい風が、私の頬を撫でていく。

「頑張ろ」

泣いてばかりでは先に進めない。

今でも大好きな高原先生に心配をかけないように踏ん張るしかない。

「明日も晴れますように」

私は星空を見上げて、そう祈った。

もう、恋は始まってしまった

「高原先生、消防からです」

それから四日。

消防からの電話を取ったのは私だった。

今日の救急は、高原先生と酒井先生のコンビだ。酒井先生はあれから冷たいが、仕方ない。

息がぴったり合ったふたりの様子は、誰の目から見てもお似合いだった。

「松浦、子供をひとり受け入れるから電話を代わってくれ。とりあえず外科でカルテ作って」

「はい」

救急隊員からひと通り症状を聞き終えた高原先生が、事務的な手続きのために近くに居合わせた私に電話を託す。

患者は五歳になる男の子だった。外科ということは事故だろうか。小さな子の救急受診は圧倒的に事故が多い。

電話で名前を確認したあと、急いでＩＤを作り始める。

その間もナースたちは、高原先生の指示通りテキパキと準備を進めていた。

別の患者の処置が終わった酒井先生も診察室から出てきて、高原先生と話している。

「えっ、そうなの？」

「あぁ、とにかく診てみないとわからない。隅々までチェックして」

小声で交わされる会話の意味がわかったのは、そのあとすぐのことだった。

やがて救急車のサイレンが近づいてきて、ピタッと止まった。この瞬間は、何度経験しても緊張が走る。

ストレッチャーに乗せられて受付の前を通り過ぎたのは、真っ青な顔をした男の子だった。

「ご家族はこちらでお待ちください」

師長にそう言われたのは母親だろうか。露出の多い服装に派手な化粧。まだ二十代前半に見え、五歳の子の母親とは思えない。

「あ、これ、保険証」

その人は落ち着き払った様子で受付まで来て、バッグから保険証を出した。

私はその様子に違和感があった。

子供がケガをして運ばれてくることはよくある。けれど母親は動転してしまい、保険証のことなんてひと通りの治療が終えたあとでなければ頭が回らないという人がほとんどなのに。

「お母さまですか？」

「そうだけど」

「こちらに、お子さんの名前と生年月日、その他必要事項を記入してください」

もうカルテはできているものの、もっと細かな情報が必要だ。

まったく初療室を気にする様子もない母親は、ゆったりとイスに座ってそれを書き始めた。

その姿を見ていると妙な胸騒ぎがする。

やがて初療室では薬剤の名が飛び交い始め、「松浦、レントゲン呼んで」という高原先生の大きな声がする。私は慌てて放射線科に電話を入れてポータブルの手配をした。

その間に、内科系の救急要請も入った。

「酒井先生、救急受け入れ要請ですが、電話に出られますか？」

「うん。すぐ行くわ」

中川さんが高原先生とともに初療室にいた酒井先生に声をかけると返事があり、彼女はスタッフルームに戻っていく。

その間に「松浦、ちょっと」と高原先生に呼ばれた。治療中に事務員が呼ばれるのは珍しい。

初療室に行くと全身痣《あざ》だらけの男の子が横たわっていて、ナースがなぜか写真を撮っていた。

先生が手招きするので近づいていくと、私の耳元に手をかざした彼は小声で話し始める。

「児相の電話番号を調べてほしい」

「えっ？　はい」

児童相談所？

一瞬なんのことかわからなかったが、すぐに状況を理解した私は、受付に戻って番号を調べ始めた。

これはおそらく虐待の疑いだ。あの母親の冷静すぎる態度も、虐待だとしたらうなずける。

「松浦さん。もうひとり激しい腹痛の患者を受けたから、高原先生のほうをお願いできる?」

「わかりました」

加賀さんがバタバタと動き出して、殺伐とした雰囲気に包まれていく。

「わかったか?」

「はい」

受付に入ってきた高原先生に児童相談所の電話番号を書いたメモを手渡すと、彼は待合室で顔色ひとつ変えずに座っている母親に視線を送った。

「ちょっと」

高原先生に再び手招きされて、今度は仮眠室に向かう。

「今から電話をする。悪いが、あの母親から目を離さないでくれるか? ナースには病棟手配に行ってもらってるから」

「わかりました」

それから彼は仮眠室に備え付けられている電話に手を伸ばした。

受付に戻って待合室にいる母親に目をやると、病院だというのにひたすらスマホを操っていて、自分の子を心配しているような素振りがない。

スマホの使用を注意しなければと立ち上がると、「松浦」と呼ぶ声が聞こえた。

初療室の奥のドアから顔を出したのは小谷先生だ。

慌てて初療室に向かうと、彼は高原先生と同じように小声で話し始める。

「高原に呼ばれたんだ。この子は整形で入院になるから」

「はい」

撮ったばかりのレントゲン写真がモニターに表示されているが、素人目にも肩甲骨骨折が確認できた。他にもまだありそうだ。

たしか、肩甲骨骨折はまれな外傷だけど、虐待では頻度が高いと勉強した気がする。

「裏のドアからこの子を連れ出すから、しばらく初療室はこのままで。連れ出したことを母親に気づかれないようにしてくれる？」

「わかりました」

受付に戻ったものの、大変な役割を請け負ったせいで緊張がピンと張りつめる。

それからすぐに、もう一台の救急車が滑り込んできた。

すると一気に騒がしくなったからか、あの母親もようやくスマホから目を離した。

「申し訳ありませんが、スマホのご使用はここではご遠慮ください」

私が注意すると、ギロッと鋭い目でにらまれる。

しかし、ひるむわけにはいかない。命に関わることもあるのだから。

「医療機器に影響を与えます。救急ではご遠慮いただいています」

「まだなの？」

渋々スマホをバッグにしまった母親は、気だるい声をあげる。少しも心配している様子はない。

「はい。検査が終わりまして治療中ですから、お待ちいただけますか？」

「ひどいケガじゃないでしょ？　もう帰りたいんですけど」

そんな母親の様子に腹が立つ。

帰りたいって……あなたが傷つけたんじゃないの？

「もう少し、お待ちくだ――」

「お母さんですね？　ちょっとお話があります。息子さんを担当した、高原です」

母親の態度に困っていると高原先生がやってきて、私と彼女の間に入った。

「松浦、ありがとう」

私を逃がしてくれた彼は、母親と話し始める。私は受付に戻り、ふたりの会話に耳を澄ませた。

「――失礼な。私がやったと？　あの子は階段から落ちたと言いましたよね。それなのに！」

突然母親が怒り始め、興奮した様子で高原先生に詰め寄っている。

「落ち着いてください」

「もういいです。連れて帰ります」

「いえ、入院になります。骨折は一カ所だけではありません。それと……今日のものではない骨折の痕も見つかりました。自然治癒していますが、きちんとした治療を受けられていないですよね」

高原先生の話を聞いて、ゾッとする。あの子は、ずっと苦しんできたんだ。

「あの子はヤンチャなんです。いたずらでもして、ケガしたんでしょ？」

「我々はプロです。それがどうやってできた傷なのか、見ればわかります。他にも外傷、ヤケドの痕が見られます」

冷静な高原先生は、淡々と言葉を紡ぐ。

「毎日、生きたくても失われていく命があります。ですが、息子さんは違います。このままお返しするわけにはいきません」

「はっ？」

母親の顔が一気に険しくなる。

「虐待の疑いがありますので、児童相談所に連絡をさせていただきました。お子さんはこちらで責任を持って治療にあたります。ですが――」

「なに言ってるの⁉　児童相談所？」

あきらかに取り乱し始めた母親の様子を見て、間違いなくこれは虐待だと感じる。

そしてその自覚があることも。

「私たちは、ひとつでも多くの命を救うのが使命です。ですから、今はお子さんをお預かりします」

高原先生は母親に向けた強い視線をそらさない。

「でも、息子さんにはお母さんが必要なんです。しばらく息子さんから離れて、考えてください。必要ならお母さんのカウンセリングも――」

「ろくでなし」

突然母親が手を振り上げたが、彼に呆気《あっけ》なく止められた。

「ろくでなしでもかまいません。命より大切なものなどない」

今までとは違う強い口調の高原先生は、鋭い目で母親を見つめたまま再び口を開く。

「息子さんは、自分で転んだと言っていました。それにしてはひどいケガだし、過去の傷も多すぎると言っても、頑《かたく》なに」

「えっ……」

「お母さんが、大好きなんですね」

高原先生の切れ長の目が、悲しい色に変化した。その瞬間、母親が脱力して目を泳がせ始める。

「児童相談所の方がこちらに向かわれています。真実をお話しください」

おそらく高原先生が呼んだ警備員が母親の隣に立つと、彼は深く頭を下げたあとスタッフルームに引き上げてきた。

「先生……お疲れさまでした。ありがとうございました」

まったく関係のない私がお礼を言うなんて、おかしいのかもしれない。けれど、どうしても感謝の気持ちを伝えたかった。

「いろいろ、サンキュ」

「いえ、私はなにも。あの子は……？」

「大丈夫だよ。骨折はあったけど、命に関わるような状態じゃない。緊張しただろ」

私を安心させようとしたのか口角を上げた彼の前で瞳が潤んでくる。

「よかった、です」

「松浦は、ホントに……」

高原先生は、柔らかい笑顔を私に向ける。

「さて、他の患者の様子も見てくるか」

彼は休む間もなく、スタッフルームを出ていく。

『ホントに』の続きは、なに？

気になったものの、聞くことはできなかった。


その日の帰り、病院の最寄り駅の手前で小谷先生から【飯、行かない？】というメールを受け取った。

【よくない返事は、まだ聞かないよ】というメール以来の彼からの連絡。私はきっぱり断りを入れようと返事を打ち始める。

彼の誠意は十分に伝わっているが、どうしても高原先生を心から追い出せない。

【わかりました。駅にいます】と打つと、【すぐに行く】と返信が来た。

駅でしばらく待っていると、ロータリーに小谷先生の車が入ってきた。

「松浦」

窓を開けて私を呼ぶ彼は、手招きする。

「乗って」

「はい」

久しぶりの近い距離に緊張が走る。

「なに食いたい？」

「なんでもかまいません」

「了解」

忙しくて疲れているはずなのに、彼はとても元気そうに見える。もともと体力があるのだろう。

小谷先生はレンガ造りの外観がおしゃれなレストランへと車を走らせた。

店員に案内されて窓際の席に着くと、優しく微笑みかけてくる。

「松浦、飲むんだろ？」

「いえ、そんなには……」

彼は車だし飲めないはず。

「高原が飲めるみたいだぞって言ってたけどなぁ」

高原先生の名前が出て、ドクンと心臓が跳ねる。同時に、彼の家で酔って寝てしまったことを思い出してうつむいた。

「内藤は酒乱で、師長はザルらしいと言ってたけど」

高原先生に聞いたのは、私のことだけじゃないんだ。世間話をしただけかと、内心ホッとしていた。あの日のことを勘ぐられたくない。

「ナースは強い人が多いからなぁ。ワインでも飲む？」

「いえ、お水で」

「遠慮しなくていいから」

小谷先生はワインを頼んでくれた。本当は甘いお酒しか飲めないけれど、厚意はありがたく受け取ることにした。

それから彼は牛フィレ肉のステーキ、私はビーフシチューを注文したあと、ワインと炭酸水で乾杯をする。

「お疲れ」

「お疲れさまです」

私がワインを少しだけ口に含むと、先生が話し始めた。

「今日は大変だっただろ」

「はい。あの子は……」

早速、虐待されていた男の子の話になって身を乗り出す。すると「ホントに仕事熱心なんだね」と言われてうつむいた。

仕事だからじゃない。勝手に気になっているだけ。

「高原のナイスな機転であの子は助かったよ。骨折もきれいに治る」

「本当ですか？」

一瞬で笑顔になる。自分が少しでも関わった患者の朗報はうれしい。

「ただ、心の傷のほうが深いだろうから。それは副院長に任せるよ」

野上総合の副院長は心療内科医で、この辺りでは腕がいいと有名な女医さんだ。

「そうですね」

私はあの子を通して、医療というものの奥深さを改めて知った。傷は目に見える部分だけではないのだと。

「そういうところが、好きなんだよね」

「えっ？」

先生の口から〝好き〟という言葉が思いがけなく飛び出して、一瞬思考が停止する。

「松浦って、ホント優しいよな」

「いえ、そんなことは……」

もしそう見えるなら、救急の他のスタッフより経験が少なくていちいち感情が上下するからだ。

私は彼の視線から逃れたくて、再びワインを手にしたもののこれ以上飲む気にはなれなかった。

苦手だからだけじゃない。高原先生の前でした失態を繰り返したくない。

「お、来た来た。俺、昼飯おにぎり一個だったんだよ。腹減った」

押し黙った私を気遣ったのか、彼は運ばれてきた料理に視線を送り、「ほら、食うぞ」と勧める。

「はい。いただきます」

いつ話を切り出したらいいのだろう。

ぼんやりとそんなことを考えながら食事を始めると、小谷先生のスマホが震えた。

「ちょっと席外す」

彼はスマホを持って、外へ出ていく。病院からだろうか。

すぐに帰ってきた彼は「ごめん。病院に戻らないと」と険しい表情で私に告げる。

「あの子の父親が乗り込んできて、子供を出せとナースに要求しているらしい」

「まさか……」

私たちはほとんど料理に手をつけることなく、レストランを飛び出した。

「松浦は駅に送るよ」

「いえ、私も行きます」

駅に行くと遠回りになる。それに、気になって帰れない。

「わかった」

小谷先生はいつになく緊張の面持ちでハンドルを握った。

「乗り込んでって……」

「病棟主任が話をしているようだけど、かなり興奮しているようだ。あの子は絶対に渡せない」

「はい」

それから私はあの子の無事をひたすら祈った。

整形外科病棟に駆け込むと、男の人の大きな声がこだましている。

「なんとおっしゃっても渡せません。他の患者さんに迷惑ですから、お引き取りください」

この声は……高原先生だ。

ここは彼の担当外だけど、騒ぎを聞きつけて来たのかもしれない。

高原先生のうしろには警備員の姿も見えるものの、患者の父親だからか彼が対処している。

興奮気味の父親は母親と同様若く見え、短めの髪は金髪に染められている。背はさほど高くないが、体ががっしりしていた。

父親の肩越しに私たちの姿を見つけた高原先生が、なにやら目配せしてサインを送ってくる。小谷先生はその様子を見てひらめいたようだ。

「松浦、手伝ってくれる？」

「もちろんです」

階段を駆け下り始めた小谷先生に続いて、私も走った。

「あの子は？」

「あの廊下を曲がった先の病室にいる。奥のエレベーターを使って外科病棟に移す」

なるほど。それなら父親に気づかれずに移動できる。

「わかりました」

私が返事をすると、彼は力強くうなずいた。

きっとふたりに任せておけば大丈夫。私はそう信じて、先を急いだ。

男の子の病室にはナースが付き添っていた。ここまで父親の怒号が聞こえてくる。

「外科に移すから」

「はい」

こっそりストレッチャーを運び入れて男の子を移そうとすると、布団の下から顔を出したその子は目を真っ赤にしていた。

「大丈夫。君のことは絶対に守るからね」

小谷先生が優しく話しかけても、彼の表情は硬いまま。このおびえた様子からして、虐待には父親も加担していたのかもしれない。

「お父さん、どうなるの？」

「それも心配いらないよ。今はちょっとイライラしてるけど、ちゃんとお話しするから」

その瞬間、つぶらな瞳からポロポロ涙がこぼれだした。

「ダメだよ。先生叩かれちゃう」

彼の切ない発言に、私を含めた三人でハッとして顔を見合わせる。

この子はずっとそんな恐怖を抱えて生きてきたんだ。

「君はなにも心配いらない。先生に任せておいて」

小谷先生が頼もしい。どうしてもこの子を守らなければ。

「行くぞ」

ナースと私に目配せした小谷先生はドアを開けて廊下に出たが、ドアを一枚開けるだけで格段に父親の声が大きくなり、背筋が凍る。

裏手にあるエレベーターに音を立てないように気をつけて進んでいると、「どこだ」という声が近づいてきて、緊張のあまり息苦しくなった。

「勝手に入ることは許しません」

高原先生の毅然とした声も聞こえる。

早く、早くしなくちゃ。

私たちの足はどんどん速まった。だけど……。

ドン！という大きな音に驚いて振り向くと、ちょうど角を曲がった辺りで警備員と高原先生が廊下に倒れ込んでいる。

殴られた？

私たちを見つけた父親は、すごい勢いでこちらへ走ってきた。

「小谷、早く！」

高原先生もすぐに立ち上がったが、父親には追いつかない。

すでにエレベーターの前まで来ているのに、患者用のエレベーターは動きがゆっくりでなかなか到着しない。

「やめろ！」

とうとう追いつかれ、ストレッチャーの前に立ちふさがった小谷先生も、あっという間に殴られて吹き飛ぶ。

この人……酔っている。

父親からはお酒のにおいがプンプン漂い、目が血走っている。

こんな人を相手に話し合いなんて通用しない。

ナースも果敢にストレッチャーの前に立ったものの呆気なくなぎ倒され、ついに父親が震える男の子めがけて手を伸ばしたので、私はとっさに覆いかぶさった。

「ダメ！」

「どけ！」

その瞬間、父親の手が振り下ろされたのが見えて、殴られることを覚悟した。

「松浦！　……うっ」

しかし、駆け寄ってきた高原先生が私をかばい、代わりに殴られてしまった。

助けてくれたんだ。

「先生……。お願い、やめて！」

叫んだところでやめてくれるような人ではない。わかっているが、もうこれくらいしかできることがない。

そのうち小谷先生が父親に飛びかかり、高原先生も加勢する。酔った父親の力はすさまじく、ひとりで止められる状態ではなかった。さらに警備員も加わり三人がかりでなんとか父親を床に押しつけると、あきらめたのか抵抗は収まった。

「わかったよ。痛いって」

ふてぶてしい態度でそう叫ぶ父親だが、虐待を受けていたこの子はもっと痛かったはずだ。

私は、涙を流しながら震える男の子を抱きしめて、父親を見つめていた。

「警察に連絡！」

小谷先生が病棟主任に指示を出している。すると父親は「チッ」と舌打ちした。

「はいはい。もう暴れませんよ。暴れても無駄なんだろ？」

妙に物分かりがいい父親の態度に胸騒ぎがする。

先生たちはおびえる男の子から父親を離そうとしたのか、脱力した彼を立たせて両側からがっしりと腕を捕まえ、ナースステーションの方向に足を踏み出した。

「もう大丈夫——」

私が男の子にそう話しかけた瞬間、おとなしくなったはずの父親が突然先生たちの手を振り払い、再びこちらに向かってきた。

「キャッ!」

その間、数秒。高原先生が目を丸くしながら父親を追いかけてきたのはわかった。しかし男の子を守りたい一心で私が覆いかぶさった瞬間、ガツンと思いきり頭を殴られてしまった。

「ふざけるな!」

この唸るような低い声は高原先生だ。思いきり殴られたあとも洋服をつかまれていたのでもう一発覚悟したが、彼が体を張って阻止してくれた。

「エレベーターに乗せろ。高原も行け!」

警備員とともに再び父親を押さえ込んだ小谷先生が叫ぶ。

高原先生はナースとともにすぐさまストレッチャーをエレベーターに乗せ、私を抱えるようにして二階上の外科病棟まで運んだ。

「もう大丈夫だよ」

泣きじゃくる男の子に、精いっぱいの笑顔で話しかけたつもりだった。

「血……」

それなのに男の子は私の顔を見て驚いている。

「大丈夫。先生が手当てしてくれるから心配しないで」

「松浦！」

緊張の糸が切れたのか意識が遠のきそうになる私を、高原先生が抱き寄せた。

「この子を頼んだ」

「はい」

ナースに指示を出した高原先生は私を抱き上げ、外科病棟の廊下に備え付けられていたストレッチャーに乗せてくれる。

「今すぐ診てやるからな」

彼の顔を見たいのにだんだん視界がぼやけてきて、なにも考えられなくなる。

「松浦？」

高原先生が私を呼ぶ声が聞こえたものの、激しい頭痛に襲われて返事をすることもできなくなった。


——私はどれくらい眠っていたのだろう。

ズキズキと突き刺すような頭の痛みを感じながら、ゆっくり目を開けた。

どうしてなのか頭に包帯が巻かれていて、左手には点滴がつながれている。

ここ、どこ？　病室？　でも、どうして？

カーテンの引かれた薄暗い部屋が恐怖を煽ってくる。

なにがあったのかまるで覚えていないのに、怖いという感情だけが残っていて、体がガタガタ震えだした。

必死に思い出そうとしていると、ドアが開いて誰かが入ってくる。

怖い……怖いよ。助けて！

おびえながら心の中で叫ぶと、カーテンが開いて息が止まりそうになった。

だけど、そこにいたのは……。

「高原先生……」

「よかった。気がついたんだな」

彼は大きなため息をつき、安堵している。そして、枕元の照明をつけた。

「どこか痛くないか？」

「頭が、痛いです」

「そうだな。鎮痛剤を追加しよう。今、用意してくる」

先生は私に微笑みかけたあと出ていこうとするけれど、離れたくない。

怖いの。行かないで！

それなのに彼は私の願いを受け入れ、ナースコールをして薬を持ってくるように指示を出す。

「うん」

こんなわがまま許されるはずもない。わかっていたのに、口走ってしまった。

「ここにいてください」

「どうした？」

「嫌」

「ごめんなさい。行ってください」

ナースの手まで煩わせるなんてと後悔して謝ったが、高原先生は「いいんだ」としか言わない。

それからすぐにナースが注射を持ってきた。

「ありがとう。しばらくここにいるから、なにかあったら呼んで」

「わかりました」

ナースから注射を受け取った彼は、点滴の管から薬剤を入れ始める。

「気分は悪くない？」

「はい。でも、どうして私……ここにいるんですか？」

「覚えてないか」

注射器をトレーに置いた彼は、私の顔をのぞき込む。

「松浦は脳震盪《のうしんとう》を起こしてね、一時的に記憶が飛んでいると思う」

「脳震盪？」

どうして？

首を傾げると、私の身に起こったことを説明してくれた。

「私……」

この得体の知れない恐怖は、そのときのショック？

「額に傷ができてしまった。できる限り細かく縫っておいたけど、少し痕が残るかもしれない」

彼は申し訳なさそうに顔をしかめる。

「でも、脳外の先生にCTを診てもらったけど異常はない。意識がなかなか戻らなかったから念のためにしばらく安静だけど、すぐに復帰できるよ」

『すぐに復帰できる』と先の明るい話をしているのに、声が震えているように感じる。

「ごめんな。松浦にこんなケガさせちまって」

そのとき、私に覆いかぶさり代わりに拳を受けた彼の姿が頭をよぎった。

「先生は、大丈夫なんですか？」

大きな声を出したせいかズキンと頭に痛みが走って顔をゆがめると、先生は心配そうに私の顔をのぞき込む。

「大丈夫。小谷も平気だよ」

小谷先生……。そうだ。私、小谷先生と一緒に食事をしていて……。

殴られた瞬間のことは思い出せない。でも、その前のことは断片的に浮かんでくる。

「小谷と食事に行ってたの？」

その質問に、今度は胸が痛むのはどうして？

「……誘って、いただいて」

「そっ、か」

一瞬悲しげな表情を見せた彼だけど、すぐに優しい笑顔に戻った。

「松浦のおかげで、あの子はケガひとつなかったよ」

そのときのことを思い起こせない私は、うなずくしかない。

「怖かったよな」

そう問われて顔がこわばる。恐怖という感情だけが強くよみがえってきていたたまれなくなり、ギュッと目を閉じた。

「泣いても、いいぞ」

「先生……」

彼はずるい。いつも我慢している感情を突っついて、本音を吐き出させるから。

けれど、それに何度救われたことか。

それを機に声を殺して泣き始めると、彼は私の手を握りしめた。

「もう、大丈夫だからな」

「……はい」

高原先生の大きな手は、安心を与えてくれる。

もしも命に関わるようなことがあっても、この手がきっと助けてくれると感じた。

どれくらいそうしていたのだろう。思う存分涙を流し、気持ちの波が落ちついてくると、先生は私の目尻をそっと拭った。

「俺……」

突然話し始めた彼は、難しい顔をして一瞬口をつぐみ、私に熱いまなざしを注ぐ。

「やっぱり、自分に嘘はつけない」

「嘘?」

それは、どういう意味？

「松浦の意識がなくなって、俺……」

彼は唇を噛みしめ、私の手を強く握った。

「後悔しか頭に浮かばなかった。躊躇《ちゅうちょ》しないで父親を殴り倒せばよかったと。医師としての立場が邪魔をしたんだ」

それは仕方がない。あの父親がどれだけひどい男でも、医師として対峙していた彼のほうから患者の父親に手を出すわけにはいかなかっただろう。

「大丈夫です。先生が助けてくれたから……」

「いや、後悔はそれだけじゃないんだ」

それだけじゃない、って？

続く言葉を濁した彼は、「眠るまでここにいるから」とにっこり微笑む。

「本当に大丈夫ですから、お仕事に戻ってください」

当直なら他の患者も診なければならないし、時間があるときに寝ておかなければ、明日の外来にも差し支える。

「カルテ整理をしていただけで、当直じゃないんだ」

「そうなんですか？　それならなおさらお帰りください」

忙しい彼が体を休められる大切な時間を、奪ってはいけない。

「帰ったって、心配で眠れない」

それを聞き、胸が苦しくなる。大好きな人に温かな言葉をかけられて、冷静でいられるわけがない。

高原先生は優しい人なの。私にだけそう言っているわけじゃない。

私は彼から視線をそらして、そう自分に言い聞かせる。

そうしなければ、あふれそうになる気持ちをとどめることができない。

「目を閉じてごらん」

言われるがままに目を閉じたものの、再び得体の知れない恐怖に包まれる。

「嫌……」

「松浦？」

荒ぶる呼吸を落ち着けようと深呼吸を繰り返すと、彼は再びナースコールをして薬を持ってくるように指示した。

「ごめんなさい」

「大丈夫だ。あれだけの恐ろしい経験をしたんだから、当然だ。今日は睡眠導入剤を使おう」

睡眠導入剤？

「先生、あの子は？　眠れているんですか？」

無事だとは聞いたが、虐待を受けていたあの子は毎日こんなに苦しい思いをしていたの？

「副院長に来てもらったから、大丈夫だよ。松浦のいいところは、他人の気持ちがわかるところだけど、全部背負ったらダメだ。あとは俺たちを信じて任せなさい」

副院長は心療内科の権威だもの。きっと大丈夫だよね。

「……はい。ごめんなさい」

もちろん私ができることなんてないのはわかっている。それでも、同じような体験をしたからか、あの子の胸の痛みが乗り移ってきたようで苦しくなった。

「なんて、偉そうなことを言ってるけど……実は俺も同じ。清春に感情移入してしまうのは、やっぱり同じ経験をしたから」

彼がそこまで話したところで、ナースが再び入ってきた。

「ありがとう」

ナースから睡眠導入剤を受け取った高原先生は、投与の準備を始める。

「先生」

「ん？」

「清春くん、高原先生に出会えてきっと幸せだと思います」

同じ痛みがわかる人というのは、一緒にいると心地いい。

「そうだな。ありがとう。でも、俺も松浦に出会えて救われた」

「私？」

「あぁ。俺のやり場のない感情をこんなに敏感に察知してくれるのは、松浦だけだから」

彼は私なんかよりずっと多くの人の死に向き合ってきた。そのたびに、助けられなかったことに落胆したのだろう。それでも次の命こそはと自分を奮い立たせて、頑張ってきたに違いない。

「今はゆっくり休むことが大切。ごく弱い薬だから安心して」

彼は私を安心させるように柔らかな声で話しながら、薬を入れていく。

「ここにいるから大丈夫だよ。目を閉じてごらん」

「……はい」

さっきは目を閉じるだけで恐怖に襲われたのに、今度は眠れそうな気がする。

それは薬のおかげではなく、彼が私の手を握ってくれたからかもしれない。

「おはよ」

太陽の光を感じて目を開けると、今度は小谷先生が私の顔をのぞき込んでいた。

「おはようございます」

「よかった。無事で」

彼は大きく息を吐き出した。

「ご心配をおかけしました」

小さく首を振る彼は「痛いところないか？」と尋ねてくれる。

「はい。今は大丈夫です」

小谷先生は私の額の髪をよけて包帯を見つめ、眉をひそめた。

「ごめんな。女の子の顔に傷なんか作って」

「先生のせいじゃないですから」

そんなふうに謝られると、恐縮してしまう。

「なぁ、松浦。話があったんだろ？」

突然真顔になった先生が私の顔をじっと見つめるので、目が泳いだ。

どれだけ彼が真剣に考えてくれても、気持ちは変わらない。私の心の中にいるのは高原先生だけ。たとえ恋が叶わなくても、それが事実だ。

私は意を決して話し始めた。

「私……小谷先生に好きだと言っていただけで、とてもうれしかったです。それに、先生の誠意は十分すぎるほど伝わりました」

あのナースが怒って私に手を上げたくらいだから、すべての女性関係を切ったというのはおそらく本当だろう。

「だけど、か」

小谷先生は少し困った顔をする。

「はい。ごめんなさい」

「そっか。そうだよな」

うなだれた彼は、ふぅと大きなため息をついてから再び口を開く。

「担当した患者が初めて亡くなった日、ナースと関係を持った。医師免許を取ったら、どんな病気でも治せるんじゃないかとバカなこと考えてたから、耐えられなかった」

先生がそうやって女の人を抱いたことを、仕方がないと言うつもりはない。けれど、目の前で失われた命に落胆し、その責任の重圧に苦しんだ気持ちだけは理解できる。

——きっと、高原先生と同じ。

「自分の弱さに呆れるよ」

　いつもはべらぼうに明るい彼の胸の奥に触れた気がした。

「だけど、もう間違えない。そんなことでごまかしても、なにもならない。そんな暇があったら、次の患者は救えるようにもっと勉強すべきなんだと、ようやく気がついた。本当にどうしようもないバカだ」

　自嘲気味に笑う彼は、苦しげな顔をして私を見つめる。

「松浦のおかげだ」

　小谷先生も高原先生も私のおかげと言うが、そんなことはまったくない。私の存在なんて、ちっぽけなものだ。

　小さく首を振ると、彼はなにかを思い出したようにクスッと笑う。

「実は昨日の事件のあと、夜勤のナースにぶちまけたんだ」

「なに、を？」

「松浦にアタックしたら、サクッと振られたって」

　そんなことをわざわざ公表したの？　しかも、私が断りを入れる前に？

　そうか……。昨日の騒ぎで、私が小谷先生と一緒にいたことはバレてしまった。そうすると、私があのナースから彼を奪ったという噂がますます信憑性を帯びてしまう。

それを阻止しようとしたに違いない。

「『そりゃそうですよ。タラシは卒業してください』って病棟主任にはっきり言われてきつかったなぁ」

肩を震わせる彼は、「女は強い」とつぶやく。

「だから、タラシは卒業します！」

私に改めて宣言する小谷先生は、おどけながら敬礼する。

「先生……」

「まあ、しばらくはおとなしく黙々と仕事に励むよ。でも何年かして、そのときもし松浦がフリーだったら、今度はグイグイ攻め込むから」

「攻め込むって……」

彼は口角を上げたあと、「ゆっくり休んで。怖くなったら呼ぶんだぞ。飛んでくるからな」と囁いた。

先生たちの優しさに触れると、かえって涙が出てきてしまう。

早く治して元気にならなくては。

「はい」

微笑んでみせると、彼は満足そうにうなずいて病室を出ていった。

私は水曜まで入院することとなった。

脳震盪のあとはあまり動いてはいけないため、私がひとり暮らしだと知っていた高原先生の配慮もあったようだ。

そして、ちょうど空きがあったとはいえ個室に入れてもらえたのは、病院内でケガをさせたからという院長の謝罪の気持ちもあったらしい。

月曜になり私のケガを知った那美は、心配して顔を出してくれた。

「都の誤解、解けたみたい」

「そっ、か」

ナースの間に飛び交っていた噂は、小谷先生のおかげで収束しつつあるようだ。

「小谷先生のこと、本当に振ったの？」

「そういうことになるのかな。小谷先生の誠意は受け取ったし、とても素敵な人だとは思ってる」

正直に話すと、彼女はうなずいた。

「小谷先生の評判が、ぐーんと上がってるみたいなんだよね。ほら、もともといい男には違いないし、研修医の中では高原先生と一、二を争うほど腕は確かだし……」

救急でもふたりが担当のときは、専門のドクターへの応援要請が他の先生たちに比べて速いことが多い。それは適切な判断をいち早く下せるからに他ならない。

しかもそれだけではない。応援のドクターが来るまでに必要な検査もおおむね終了している。

「問題は女関係だけだったのに、今はそんな素振りまったくないんだって。ナースなんて、我慢しすぎてストレスためなきゃいいけどって噂してるらしいわよ」

小谷先生はきっと大丈夫。もう同じ過ちは繰り返さないだろう。

そして、私の主治医である高原先生も何度も病室に顔を出した。

「顔色がよくなってきたね」

「はい。ありがとうございます」

昼も夜もよく彼の姿を見かけた。ドクターの過酷な勤務状況を、改めて目の当たりにした。

退院前夜、また高原先生は様子を見に来てくれた。

「明日退院だけど、しばらくは安静にしてて。勤務は来週からにしてもらってある」

「すみません、そんなことまで……」

仕事を休んでいる上に、そんな配慮まで申し訳ない。

「復帰したら、カルテの打ち込み手伝ってくれる？」

「えっ？」

「医事課から、間違ってると叱られて」

普段は私たちがチェックして修正をかけてから医事課に回すけれど、手が足りていないのかもしれない。

「すみません」

「いや、松浦の存在がどれだけ大きいか、皆思い知ったよ」

きっとそれはお世辞だろう。それでもうれしかった。

彼は私の額のガーゼを取り、傷を確認する。

「退院のとき被覆材《ひふくざい》を渡すから、しばらくそれを貼っておいて」

「はい」

「けど、やっぱりひとりは心配だ……」

彼は昨日からさかんにそう言い続けている。

それくらい脳はデリケートだ。脳震盪のダメージが残っている状態で、二度目の脳震盪を起こす〝セカンドインパクト症候群〟は、死に至ることもあるという。

激しいスポーツをしているわけでもない私がそうなる可能性は低いけれど、最初は確認できない脳内出血がじわじわと進行することもあるようだ。

だからといって、今は症状がないというのにこれ以上入院を続けられない。

「大丈夫です」

本当は少し不安だった。けれどもそんな素振りを見せたら、高原先生はもっと心配する。

「うん……」

彼は大きく息を吐き出したあと、イスに座った。

「でも、ひとりだとついつい動いてしまうだろ？」

それはそうだけど……。誰かに頼めない以上、自分でするしかない。

「それに、万が一倒れていても、気づいてやれない」

しばらくなにかを考えているように黙り込んだ彼は、「松浦」と名前を口にして私をじっと見つめる。

「俺の電話には必ず出ること。あと、欲しいものがあれば買っていくから、遠慮せず言って」

主治医だからといって、そこまでする義理はない。もちろん、同じ職場で働く同僚でも。

「そんなことまでしていただかなくても。先生、お忙しいのに……」

「このままじゃ心配で治療に専念できない。松浦が約束してくれれば頑張るさ。あー、でも酒は買っていかないぞ」

おかしそうに笑っている彼の優しさに、胸が熱くなる。

「ありがとうございます」

本当は、ひとりのときに倒れたら……という不安でいっぱいだったので、心強い。

婚約者である酒井先生のことは気になったが、電話をするくらいなら許されるだろうか。

翌朝の回診で異常もなく、予定通り退院することになった。

「お世話になりました」

ナースステーションにお礼を言いに行ったものの、いたのはナースがふたりだけ。皆忙しそうに走り回っている。

「松浦さん、退院おめでとうございます。あっ、高原先生が退院のときは声をかけてほしいと言ってましたので、待ってください」

ナースは電話で高原先生を呼び出している。すると、彼はすぐにやってきた。

「気分は悪くない？」

「大丈夫です。お世話になりました」

「退院後の注意点を話したいから、玄関まで一緒に行くよ」

注意点ってなんだろう。気をつけなければならないことはもう聞いている。

私の荷物をサッと持った彼は、ゆっくり歩き始めた。

「松浦。約束、覚えてるか？」

「はい。電話、ですね」

ちょっと過保護な気もするが、それがとてもありがたい。

「うん。松浦はすぐに忘れるから」

「忘れませんよ」

「それはあやしい」

高原先生は口元を緩める。

「一応復帰は来週の月曜からということになっている。だけど、少しでも体調が悪ければ、もう少し休みだぞ」

「はい。主治医の先生の指示に従います」

「よかろう」

私が笑顔を見せると、彼の表情も明るくなった。

結局、注意点というほどのことはなく、他愛もない話をしながら玄関に到着し、バッグを受け取った。

「不安になったら、いつでも呼んでくれ」

「ありがとうございます」

きっとあの日、怖くて眠れなかったことを知っているから、心配しているんだ。

「松浦、これも約束だ。絶対に破るなよ」

高原先生はそう言いながら、私に小指を差し出す。

「ほら」

なんだか照れくさくてためらっていると、彼は私の右手を取って自分の小指に絡ませる。

「いいか、絶対に約束だぞ」

何度も何度も〝絶対〟と念を押す先生は、かなり心配症だ。

「はい」

けれども、触れた小指から彼の優しさが伝わってくる気がしてうれしかった。

タクシーで自分の家に帰ると、ホッとする。
早速洗濯機を回して、久しぶりのシャワーを浴びたあと、すぐにベッドに入った。
高原先生の言いつけを守らなくては。ずっと彼の笑顔を見ていたいから。
こんな昼間から眠れないと思っていたのに、私はいつの間にか意識を手放していた。
けたたましく鳴ったスマホに驚いて目を覚ますと、高原先生の名前が表示されている。
『松浦、変わりない？』
「はい」
『これからオペなんだ。また、夜に電話していいか？』
忙しいのに、こんなに気遣ってもらえて幸せ。
「はい。オペ、頑張ってください」
『うん、ありがと。松浦に励まされるとやれる気がするよ。行ってくる』
電話が切れたあとは、しばらくベッドに座って考え事をしていた。
高原先生は本当に素敵な人。もう少しだけ甘えてもいいだろうか。
——いつか彼を忘れられる日が来るまで。

次に彼から電話が入ったのは五時間後のこと。

『松浦、元気か？』

「はい。オペ、お疲れさまでした」

『うん。今までかかったんだ。電話が遅くなってごめんな』

謝る必要なんてない。そもそも電話をくれるだけでありがたい。

「大変なオペだったんですね」

『そうだな。だけど、この前は途中で小柴部長にバトンタッチした血管縫合、かなりスピードが上がって、最後まで任せてもらえたよ』

「先生、すごい！」

彼は、救急の仕事の合間に難しい医学書を広げて勉強していることも多い。

そうした努力の成果が現れている。

『ありがとう。松浦……本当に平気か？』

「……はい」

本当は太陽が沈むのが怖い。

殴られた瞬間のことを覚えていないのに、今でも恐怖だけはよみがえってくる。

『すぐに行くなんて言っておいて、これから救急なんだ』

「当直もあるんですか?」

大変なオペで身も心もクタクタになっただろう。それなのに、まだ休めないんだ。

『うん。でも明日は休みだから、頑張るよ』

「はい。無理しないでください」

救急が高原先生たちの努力で成り立っていることはわかっている。しかし、彼らが倒れるようなことはあってはならない。

『サンキュ。それじゃあ』

私は通話の切れたスマホを握りしめ、窓から真っ赤に染まる西の空を見上げる。

今、高原先生のパワーは私に届いている。頑張らなきゃ。

彼の声を聞いたおかげか、心が穏やかになったのを感じていた。

あまり食欲がなかったものの簡単に食事を済ませて、再びベッドに入った。そして入院中、彼が貸してくれた私が持っているものの三倍は厚い星の図鑑を眺める。

「こぎつね座なんてあるんだ。見てみたいな」

知らない星座だらけで、すぐに引き込まれる。他に〝はえ座〟や〝けんびきょう座〟なんていう変わった名前の星座もあっておもしろい。

「先生、全部知ってそう」

オタクを公言していた彼を思い出して、クスッと笑ってしまった。

翌朝は、早くに目が覚めた。

入院してから規則正しい生活を送り、睡眠時間も十分に取れていたからか、目覚めがいい。幸い頭痛もなく、体の調子も上向いてきた。

顔を洗って着替えると、玄関のチャイムが鳴りドアホンをのぞいた。

「小谷先生……」

慌ててドアを開けると、小谷先生が笑顔を見せる。

「松浦、おはよ」

「おはようございます。先生、どうして?」

「うん。病棟の当直だったんだ。だから、今帰り。これ、差し入れ」

彼は「こんな時間だから、コンビニのだけど」と手に持っていた袋を私に渡す。

中にはケーキが入っていた。

「ありがとうございます」

交際を断ったというのに……。私の周りは優しい人でいっぱいだ。

「変わりないか?」

「はい。元気です」

「それはよかった」

彼は満面の笑みを浮かべたが、近づいてきた足音に反応して視線を向け、目を丸くしている。てっきり他の住民だと思ったのに、この反応はなんだろう。

「なんだ、お前か」

誰？

「それはこっちのセリフだ」

私からは見えなかったその人は……高原先生だった。

「松浦、おはよう」

「おはようございます」

と挨拶を返したものの、まさか来てくれるなんて思ってもいなかったので、驚きを隠せない。

「高原。お前、澄ました顔して……。こうして来るってことは、それなりの覚悟があってのことなんだな」

どういうこと？

わけがわからず小谷先生を見つめていると、「あぁ」と高原先生が答える。

「はぁ。そうか……」

そのとき、小谷先生のスマホが鳴り始めた。

「はい。――了解。戻ります」

どうやら病院から呼び出しのようだ。小さなため息をついた小谷先生は、スマホをポケットにしまったあと、気持ちを切り替えるように「行ってくる」と口にする。

「はい。お気をつけて」

小谷先生は私ににっこり微笑んだあと、今度は高原先生のほうを向く。

「高原、俺も一応あきらめてないから」

「わかってるよ」

なにを話しているの？

「じゃあ、またな」

「はい」

小谷先生は、私に小さく手を挙げて去っていった。

「元気そうだな」

改めて私の顔を見た高原先生は、ホッとしたような表情で口角を上げる。

「わざわざ来てくださったんですか？」

「昨日、来られなかったから」

昨日の朝からつい今しがたまで、ずっと働きっぱなしだったんだから当然だ。

「すみません」

「いや、俺が勝手に来ただけだろう?」

頬を緩める先生は「小谷になにもらったんだ?」と、私の持っていた袋をのぞく。

「ケーキです」

そういう彼も、コンビニの袋を下げている。

「まったく、アイツは女心がわかってやがる」

「でも俺はこれ」

差し出された袋には、お弁当とチョコレートが入っていた。

ふたりの細やかな心遣いがとてもうれしい。

「先生、ありがとうございます。でも、そっちは?」

もうひとつ持っている袋が気になり尋ねた。

「こっちは俺の弁当。食べ損ねてばかりで腹減ったから」

「あっ、あのっ……。もしよければ、一緒に食べてくれませんか?」

私はドキドキする胸に手を当てながら、勇気を振り絞る。

やはりまだひとりは不安だ。少し甘えてもいいだろうか。

「いいの、か？」

「はい。お茶、淹れます」

申し出を受け入れてもらえて、心が弾む。

「狭くてすみません。そこ座ってください」

1DKの我が家は、小さなキッチンと、ダイニングテーブルとソファが所狭しと置いてあるダイニング、そして奥に寝室があるだけ。

ふたり掛けのダイニングテーブルに高原先生を案内すると、彼は部屋を見回してから座る。

「きれいにしてるんだな」

「ちょっ……あんまり見ないでください」

たいして自慢できるような部屋でもないので恥ずかしい。

受け取ったお弁当をレンジで温めて、冷えた麦茶を差し出すと、「やらせて悪いな」と恐縮している。

「温めただけですよ」

作ったわけでもないし。

「松浦、ずっと前に俺の家でした約束、覚えてる?」

「約束?」

約束なんてしただろうか。

首を傾げると彼は「やっぱり覚えてない」と笑みを漏らす。

「ごめんなさい。なんでしたでしょう……」

「俺に飯を作るって約束したんだ。酔っぱらいの松浦がね」

「あっ!」

あのとき、コンビニ弁当ばかりでは不健康だからと、そんなことを言ったような……。

「覚えてるからな、俺」

柔らかな笑顔を見せる彼だけど……したくてもできないよ。

酒井先生の存在を思い出して、胸が苦しくなり顔をしかめた。

「どうした? 体調悪い?」

焦ったように身を乗り出してきた彼が、向かいに座る私の肩に手を置き、顔をのぞき込むので慌てる。

「……いえ。なんでもありません。お弁当いただきます」

どうしたら、いいの？

彼のことを忘れるどころか、ますます好きになってしまう。

「それならいいけど。弁当、どっちがいい？」

先生はハンバーグ弁当と唐揚げ弁当を差し出して一旦は私に選ばせようとしたが、いたずらっ子のような無邪気な笑みを見せたあと、再び口を開いた。

「俺、どっちも食いたいな。半分ずつにするか」

「半分ずつ？」

「あれ、嫌？」

私は首を横に振った。

むしろうれしい。同じものを共有できるというささやかな喜びは、私を幸せにする。

「それじゃ」

彼はハンバーグを箸で大雑把にふたつに分け始めた。

「先生のほうを大きくしてくださいね」

「なんでだ。松浦に食わせたくて買ってきたんだぞ」

そんな言葉にいちいちドキドキしてしまう私は、どうしようもなく彼が好き。この時間がずっと続けばいいのに。

「いただきます」

ふたりでシェアして食べたお弁当は、いつもよりずっとおいしかった。

食事のあと、彼はテーブルに置いてあった星座の図鑑に手を伸ばす。

「図鑑、見てるんだ」

「はい。こぎつね座ってかわいい名前ですね。見てみたいです」

なんでも夏の大三角の間にあるのに、暗い星だからなかなか見つけられないとか。

「俺ん家、望遠鏡あるぞ。見に来いよ」

「本当ですか！」

興奮してそう言ってから、慌てて口をつぐんだ。

酒井先生にこれ以上彼に近づくなと釘をさされたのに。

「他にもいっぱい教えてやる。星オタクをなめるなよ」

「星オタクって……」

私は複雑な気持ちを押し殺して、笑顔を作った。せめて今だけでも楽しい時間を過ごしたい。

「コーヒー、飲みませんか？」

もう少しだけでいい。先生とふたりでいたい。

「うん。いただくよ。でもお見舞いに来たのに、悪いな」

「コーヒーくらいで大げさです」

私は弁当の容器を片付け、コーヒーを淹れ始めた。

これを飲んだら彼は帰ってしまう。そう思うだけで泣きそうになる。

恋って、こんなにつらいものだったのかな……。

一秒でも長く一緒にいたくて、いつもよりゆっくりコーヒーを淹れている私は、バカかもしれない。決して叶わない恋なのに。

今日は砂糖とミルクも用意した。〝疲れたときは甘いもん〟だから。

コーヒーを運ぶと、彼はいつの間にかソファに移動している。

「高原、先生？」

眠ってる……。

わずか数分の間に眠りに落ちるほどクタクタなのに、来てくれたんだ。

こんなに優しくされたら、彼への気持ちがあふれてしまう。

私はコーヒーをテーブルに置いたあと、高原先生にそっと近づき、しゃがみ込んで間近で顔を見つめる。

長い睫毛にスラッと高い鼻。そして……薄い唇。

「先生？」

もう一度呼びかけてみたが、目を開ける様子はない。

「……好き、です。大好き……」

せめて、勝手に告白させて。もう二度と、言わないから——。

ハッと我に返って背を向けると、涙がポロポロこぼれてきた。

私……なに言ってるの？　彼には酒井先生がいるのに。こんなことをしたら、余計に忘れられなくなるだけなのに。

それでも、どうしても気持ちを抑えられなかった。

届かない恋のつらさに身を焦がしながら、声を噛み殺して涙を流す。

「えっ……」

するとそのとき、うしろから抱き寄せられて目を瞠る。

まさか、起きてた、の？

ドクンドクンと心臓から送り出された血液が、私の顔を真っ赤に染めていく。

「松浦」

返事ができない。私、とんでもないことをしてしまった。

「今、なんて言った？」

「なにも……」

緊張で声がかすれる。

「それなら、どうして泣いてる？」

もう首を振るので精いっぱい。

「こっち、向いて？」

「……嫌、です」

あんなに素敵な彼女がいるのを知っていて、私……。

「嫌でも、向いて」

高原先生の熱い息が耳にかかってビクッと震える。すると、私の体に回した彼の腕に力がこもった。

お願い。もうこれ以上優しくしないで。

「都……」

今、なんて？

耳元で繰り返される彼の呼吸を意識してしまい、ドキドキが止まらなくなる。

やがて彼は腕の力を緩めて私を強引に振り向かせた。

私を見つめる真摯なまなざしに、どうしたって鼓動が速まっていく。

「好き、だよ」

「えっ……」

彼は思いがけない愛の言葉を囁き、熱い唇を重ねた。

ただ柔らかい彼の唇に酔いしれるだけで、頭が真っ白になり、うまく状況を呑み込めない。

しばらくして離れた先生は、混乱してうつむく私をもう一度強い力で抱き寄せる。

「都。後悔しないか？　俺、もうお前への気持ち、抑えられないけど……」

本当に、私のことを？

「ずっと、好きだった」

「先生……」

切なげな声を吐き出す彼は、私の体をゆっくり離して艶《つや》っぽい視線を送ってくる。

そしてキスを交わしたばかりの唇を指でなぞるので、ゾクゾクした。

高原先生が私のことを好き？　でも、酒井先生は？

疑問だらけで、すがるように見つめ返す。

「どうした？」

今度は優しい手つきで私の頬に触れて、首を傾げている。

「酒井先生は……」

思いきって彼女の名前を出すと、彼は一瞬戸惑いを見せたものの、私を強い視線で縛った。

「あの事件のあと、酒井に会って話をした。俺は都が好きだと」

「先生……」

ハッとして目を見開くと、彼は優しく微笑んでいる。

「奏多、でいい」

その瞬間、我慢していた感情が一気にあふれる。

「奏多さん……。ずっと、好きでした。いけないとわかっていたのに、私……」

初めて彼の下の名を口にした途端、息がうまく吸い込めなくなった。

「都。好きだ」

そして再び唇が重なる。

唇が触れている部分が熱くて溶けてしまいそうだ。

そのまま床に押し倒され、彼の色気漂う双眸《そうぼう》が私を見下ろす。

「都……」

どれだけそう呼ばれることを願ってきたか。

公園で恋人のふりをしたあの日から、彼の声でもう一度、『都』と呼ばれることは、私の夢だった。

再び顔を傾けて近づいてきた彼は、私の唇を舌でこじ開けて入ってくる。絡まり合う舌と舌が互いの熱を伝え合い、感情がどんどん高ぶっていく。

「もうこれ以上はダメだ。安静なのに」

しばらくして離れた奏多さんは、私の肩に顔をうずめて苦しそうにそうつぶやく。

こんなに幸せでいいのかな。

私もまた彼の大きな背中に手を回し、幸せを貪《むさぼ》った。


どれくらいそうしていたのだろう。奏多さんは私を抱き起こすと、さっき唇を激しく奪った人とは思えない照れた笑みをみせる。

私は急に恥ずかしくなり、彼の胸に飛び込んで顔を隠した。

「やっと、抱きしめられる」

「私で、いいんですか?」

本当に私でいいの? 酒井先生じゃなくて?

疑問でいっぱいになっていると、彼は私を胸に抱いたまま話し始めた。

「初めて都に会った日。患者の死をまるで自分のことのように悲しんでいる姿を見て、一瞬で惹かれていた。あぁ、ここに俺と同じ感情を持つ理解者がいると、ホッとしたというか……」

彼の声が耳に届くたび、幸せのメーターが上昇していく。

「会うたびに都への気持ちが大きくなって……清春と一緒に公園に行ってからは、都のことばかり考えるようになった」

それは私も同じ。毎日、気がつけば彼のことばかり考えていた。

そこまで話したところで、彼は手の力を緩めて私の目をまっすぐに見つめる。そして、仕事中のキリリとした顔をした。

「酒井は——」

ビクッと体が震えた。

彼女のことを聞きたいような聞きたくないような、複雑な思いが頭の中を駆け巡る。

「実は小柴部長の娘で……」

「小柴部長の？」

苗字が違うけど？

「部長、仕事が忙しすぎて離婚していて、酒井は母方の姓なんだ」

「そう、だったんですか」

だとしても、それがなにか関係あるの？

「俺の心臓は小柴部長が治してくれた。部長は命の恩人だ」

まさか、小柴部長が奏多さんのオペを執刀していたとは。

彼は自分の胸に手を置いて、冷静に言葉を重ねる。

「部長は、やっと退院しても学校になじめないでいた俺に、ちょうど同じ歳だった酒井を遊び友達として紹介してくれた」

そんな幼い頃からの付き合いだったの？

「小柴部長の志《こころざし》を継ぎたいと思うようになってこの世界に入ったとき、部長は自分の後継者にすると喜んでくれた。そして、同じようにドクターになっていた酒井に再会したんだ」

奏多さんはそこで大きく息を吸い込んだ。

「それで部長に、『娘と結婚して、心臓血管外科を盛り立ててほしい』と言われた」

それじゃあ、やっぱりふたりは……。

「正式に婚約したわけじゃない。でも、部長に恩が返せるのならそれでもいいと思っていた。だけど、やっぱりできない。都に出会ってしまったから」

唇を噛みしめる彼は、私から視線をそらさない。

「正直、酒井への気持ちが愛だったことは一度もないんだ。幼い頃は遊び仲間だったし、今は頼りになる同僚だ。それ以上でもそれ以下でもない」

眉間にシワを寄せて言葉を紡ぐ彼は、私の頬に手を伸ばす。

「人を恋しく思うのがこんなに苦しいものだと初めて知った。だけど、都が近くにいるだけで、幸せだった」

私は息をするのも忘れて、彼の話に耳をそばだてていた。

「酒井とはなにもない。デートのようなことはしたけど、手も握ってない」

「ホント、に？」

呆気に取られて、聞き返してしまう。

「最初から戸惑いがあった。小柴部長が望むならと腹をくくっても、どうしてもあのひと言が忘れられない」

あのひと言って？

じっと奏多さんの透き通る瞳を見つめていると、少し苦しげな顔をして口を開いた。

「ある日、シャツの襟元からオペの傷痕を見てしまった彼女が、顔をしかめて『気持ち悪い』とつぶやいた」

そんな……。

「幼かった彼女に悪気がなかったのはわかってる。でもその当時、生きることに必死だった俺はどうしても笑って流せなくて……。よほどショックだったんだろうな。彼女と話していると、そればかり思い出してしまうんだ。小さいだろ、俺」

彼の顔が苦痛にゆがむ。

どれだけつらかっただろう。苦しい治療に耐え、やっとのことで自由に空気を吸えるようになっても、周囲の目は彼に優しいものだけではない。

それは、いじめられているという清春くんも同じ。

酒井先生は、感じたことをストレートに口にしてしまっただけで彼を傷つけるつもりはなかったはずだ。覚えてもいないんじゃないだろうか。

しかし奏多さんにとっては、強烈なひと言になってしまった。

「当たり前です」

「都……」

「そんなの、当たり前」

笑って許せなくても、悪いのは奏多さんじゃない。

死と隣り合わせの日常を送っていた彼にとって、傷痕は命の代償。たとえ酒井先生に悪気がなかったとしても、そんなふうに言われたらショックを受けるに決まっている。

そのときの彼のつらい気持ちが乗り移ったかのように、ポロポロと涙がこぼれてくる。

「ありがとう、都。やっぱり都は俺の理解者だ」

彼の温かい手が、止まらない涙を何度も拭う。

「見せてください」

「えっ？」

「奏多さんの傷、私に見せて」

彼の腕をギュッと握り、訴える。

もし今でも苦しんでいるのだとしたら、私が彼の背中を押したい。

彼は小さくうなずくと、Tシャツの襟に手をかけて一気に脱ぎ去った。

「怖かったら、見なくていい」

「ううん。平気です」

傷痕は想像よりずっとひどいものだった。メスを入れた部分はミミズ腫れになっていて、しかも数本ある。

手を伸ばして指でその傷に触れると、奏多さんは私の手を握った。

「無理、するな」

「どうしてですか？　この傷は、奏多さんが戦った証なんです。この傷がなければ、あなたに出会えなかった……」

そう伝えると、彼は微笑み、私の手を離した。傷に沿って指を滑らせると、トクトクという規則正しい鼓動がダイレクトに伝わってくる。

「俺はいくつか心臓疾患を持っていて、何度もオペを繰り返した。メスを入れるたびに癒着するからどんどんオペは難しくなって、そのうちどの病院からも断られるようになった。唯一引き受けてくれたのが小柴部長だった」

小柴部長がいなければ命も危うかったんだ。そんな恩人の申し出を断れなかった奏多さんの気持ちがよくわかる。

「当時は傷をきれいにするという技術も重視されていなかったし、命が助かるんだから贅沢を言うなという風潮で、メスを入れた数だけ傷が残った」

今は違う。彼が私の額の傷をできるだけ細かく縫ってくれたように、なるべく痕が残らないように治すという意識が高い。そのための薬剤や医療材料も多い。

「なにも恥じないでください。奏多さんはここに生きている。それがすべて」

「ありがとう、都」

奏多さんの止まったままだった心の時計は、動き始めただろうか。

彼は私を抱き寄せ、体を震わせる。

もしかしたら、泣いているのかもしれない。だけど今は泣かせてあげたい。ずっとひとりで抱えてきたつらい思いを、昇華させてあげたい。

気がつけば、彼の腕に包まれて私も涙をこぼしていた。

傷だらけの奏多さんの体は温かかった。彼は数々の壮絶な経験のせいで、こんなに繊細で壊れそうな心を持っているのだろう。けれど、悪いことじゃない。

患者の胸の内まで配慮ができるため慕われているし、誰よりも命の重みを理解しているので、最後の最後まで力を抜くことがないのだから。

「都。俺……今まで臆病だった。都のことが愛おしくてたまらないのに、どうしても捨てられないものがあった。でも……都が殴られて意識を失ったとき、都以上に大切なものなんてないんだとようやく気がついた」

彼は手の力を緩めて私に真摯なまなざしを向ける。

「もしも命をかけて天の川を渡るとしたら、都に会いに行くときだけ」

「奏多さん……」

ふたりで夜空を見上げたとき、『天の川を渡るのは、簡単じゃないんだな』と彼がつぶやいたことを思い出した。私には簡単に近づけないという意味だったんだ。

でも、『どうしても捨てられないもの』って、なに？

もしかして彼は、私のためになにかを犠牲にしようとしているの？

「奏多さん。私、奏多さんが悲しむのは嫌です。なにを――」

「都。今度、俺ん家来いよな。こぎつね座を見せてやるぞ。それと、飯作るっていう約束も守ってくれよ」

彼は私の言葉を遮る。

それは、聞くなということ？

「ごめん。俺、限界。ここでちょっと眠らせて」

私の肩に顔をうずめる奏多さんは、本気で眠りに落ちそうだ。

「こんなところじゃダメです。ベッドを使ってください」

「ん……」

一度は目を閉じた彼だけど、Tシャツを着たあと私のベッドに潜り込む。

掛布団をかけようとすると、あっという間に手を引かれて抱き寄せられていた。

「都も来るんだよ」

「えっ？」

「安静だって、主治医が言っただろ？」

「……はい」

シングルのベッドでは狭すぎて落ちそうだった。しかし、彼はそんなこと気にする様子もなく私を抱いたまま目を閉じる。

「都がいてくれると、ぐっすり眠れる」

眠ったのかと思ったら、不意にキスが降ってきた。

「だから都は、なにも考えないで。ただ、俺の隣にいて」

心臓をわしづかみにされたようにキュンと痛む。私は返事をする代わりに、彼にギュッと抱きついた。

それから奏多さんはスースーと規則正しい寝息を立て始めた。

私は目の前にある愛しい人の顔をまじまじと見つめ、幸せの余韻に浸る。

でも……。

「なにを考えてるの？」

届きそうで届かない彼の心の中が気になった。

昨晩はぐっすり寝たはずなのに、彼の腕の中は心地がよくていつの間にか私まで眠っていた。

スマホが鳴ったので飛び起きると、奏多さんがいち早く手を伸ばして電話に出ている。

「──わかりました。すぐに行きます」

病院からの呼び出しだ。

「ごめん、起こしたね」

「ううん。平気です。急変ですか？」

「うん。ちょっと行ってくる」

時計を見ると、もうすぐ昼の十二時。三時間くらいは眠れたはずだけど、当直明けだから心配だった。

「なんて顔してるんだ。大丈夫。その患者の処置が終わったら一旦家に帰るよ」

「はい」

奏多さんは玄関で靴を履いたあと、見送りに出た私の手を引いて抱き寄せる。

「都が元気になったら、引っ越そうか」

「引っ越す？」

「あぁ。星がきれいに見える部屋にしような」

それって……一緒に住もうと言ってるの？

突然の提案に呆気に取られていると、彼は素早くキスを落とす。するとたちまち体が火照りだし、言うことをきいてくれない。

「行ってくる」

「い、行ってらっしゃい」

名残《なごり》惜しそうに私の頭をポンと叩いた彼は、「耳、真っ赤」と笑いながら去っていった。

「もう！」

からかわれた私は両耳を手で押さえて呆然と立ち尽くす。

私、本当に奏多さんとキス、したんだ。

自分の唇に触れると、温かくて柔らかい唇の感覚を容易に思い出すことができる。

けれども、彼が残した『どうしても捨てられないもの』という意味深な言葉が気になって仕方ない。

もしかして……。

ひとつの仮説にたどり着いてハッとしたが、それを確かめる術《すべ》がなかった。

それから奏多さんは、しょっちゅう電話をくれた。時間があれば会いに来て、私たちは恋人としての甘い時間を過ごした。

まだ安静が解けないせいで出かけることができない。だから互いのことや星について語り合ったりするだけだったものの、それで十分幸せだった。

「復帰、大丈夫か？」

「はい」

職場復帰の前日。私の家にやってきた奏多さんは、私の脈を取ったり傷の様子を確認したりして、「脳出血がなくてよかった」と安堵した。

「都」

「はい」

「なにがあっても、俺のことを信じてついてきてくれないか？」

そう口にする彼の顔があまりに真剣で、心臓が拍動を速める。

なにがあってもって……どういうこと？　なにがあるというの？

奥歯にものが挟まったような言い方に胸がざわつく。

「奏多さん――」

「頼む」

発言を遮る彼が、『今はそれ以上聞くな』と牽制しているように感じられて、うなずくことしかできなかった。


そして月曜を迎え、私は救急に復帰した。

更衣室で私を待ち構えていた那美は、うっすらと涙を浮かべて復帰を祝ってくれた。

彼女には、電話で奏多さんとの交際を報告してある。『小谷先生じゃなくて？』としばし言葉を失くしていたが、『だから、乗り気じゃなかったのか』と妙に納得していた。でも、まるで自分のことのように喜んでくれて私もうれしい。

「都、おかえり！」

救急に顔を出すと、いち早く駆け寄ってきたのは内藤さんだった。

「ただいまです」

加賀さんや中川さんも、私がいない間大変だったというのに、ニコニコ顔で迎えてくれた。

「またよろしくね」

「はい。お願いします」

なにがあったのか知っているスタッフたちは、皆、優しかった。

「松浦ちゃん、今日から復帰?」

そして、いつもと変わらない様子で現れたのは、外科系当番だった小谷先生。

彼は自分で広げた〝私に振られた〟という噂のせいで好奇の目にさらされているはずなのに、今までとなんら変わりない。

「はい。ご迷惑をおかけしました」

「いやー、助かるよ。ちょっとカルテ手伝って」

「小谷先生は、いつもサボるから悪いんです。甘えない!」

彼にカツを入れるのは師長だ。

「す、すみません……」

タジタジな様子の小谷先生の姿に、ドッと笑いが起こる。

あぁ、私はここが好き。そう実感した瞬間だった。

「そういえば……」

小谷先生は私を受付の奥に手招きする。

「あの子、無事に退院したよ。きちんと保護されている。心配いらない」

「よかった」

「うん。松浦のおかげだ。さて、今日も頑張ろう!」

満面の笑みを見せる彼は、私の肩をポンと叩いて初療室に入っていった。

救急の忙しさは相変わらずだった。

「呼吸停止がひとり入ります。受付の人、電話代わって」

内科の先生から電話を引き継ぎ、ＩＤを作り始める。

「交通事故も入ります」

ほぼ同時に二台の救急車が入ると、一気に殺伐とした雰囲気に呑み込まれた。

久しぶりの仕事だからか、それとも体力が落ちているからか、フラフラになりながらもなんとか業務を終えようとした頃、救急に珍しい人物が姿を見せた。

「あら、院長。どうされたんですか？」

師長が気がついて、受付の入口までやってくる。

「いや、たまにはね。忙しかったですか？」

「はい。でも研修医の先生が皆優秀なので、助かります」

師長の言葉に、院長は大きくうなずいた。

「松浦くんは……」

私？

突然私の名前が出て驚く。

院長にはここに就職したときにお目にかかったくらいで、それ以降なんの接点もない。まだ四十代の呼吸器内科が専門のドクターだという知識しかなかった。

「私、です」

仕事を中断して立ち上がると、院長は優しい顔で微笑んだ。

「悪いんだけど、仕事が終わったらちょっと残ってほしい。院長室に来てくれる?」

「はい」

と言ったものの、途端に心臓がドクドク言い始める。

院長が私を呼ぶなんて、どういうこと? あの子をかばったことに関係があるのか、それとも……。

加賀さんや中川さんが不思議そうな目で私を見つめる。私もなんのことかさっぱりわからず、首を傾げるばかり。

「すみません。仕事を続けてください」

院長は私たちにそう言うと去っていった。

院長室に行くのは初めてで緊張を隠せない。

──トントントン。

大きく深呼吸してからドアをノックすると「はい」とすぐに返事があった。

「松浦です」

「どうぞ」

意を決してドアを開けると、院長の前に立っている奏多さんの姿を見つけて目を見開いた。

「突然呼び出してすまないね。驚いただろう?」

私の緊張とは裏腹に、院長はとても穏やかな顔をしている。

「入院中は個室を手配していただき、ありがとうございました」

さっきは頭が真っ白になり、お礼も言えなかった。

「いや、こちらこそ。大切な患者を守ってくれてありがとう」

お礼まで言われて、恐縮してしまう。

「緊張しなくていい。こっちに座りなさい。高原くんも」

院長は私たちにソファを勧める。

「失礼します」

奏多さんが私をチラッと見てからソファに腰を下ろし、私はその隣、院長は奏多さんの向かいに座った。

「高原くんに聞いていたところなんだが、君たちは付き合っているんだって？」

そんなことが、院長の耳にまで入っているの？

驚いて奏多さんを見つめると、「はい」とはっきり答えてくれた。

「誤解しないで。反対しているわけじゃない。私の妻も以前医事課にいたんだよ」

「そうなんですか？」

私が思わず大きな声をあげると、院長はうなずく。

「あぁ。子供が生まれて辞めてしまったんだけどね」

偉そうにふんぞり返っていると勝手に想像していた院長は、物腰柔らかで気さくな人のようだ。

「ただ……」

困ったように眉をひそめる院長は、奏多さんに視線を送る。

「小柴部長ですか」

「そう、だ」

院長の返事を聞き、私の懸念していたことが当たっていたと確信した。

娘の酒井先生と別れたことを、怒っているんだ。

「君たちは、真剣に付き合っているんだね」

「もちろんです」

「そりゃそうか」と口元を緩める院長は、顎に手を当て私を見つめる。

「高原くんは腕もいい。将来この病院を背負って立つドクターになると期待している」

私が小さくうなずくと「いい男、捕まえたね」と、院長は笑みを漏らす。

どういうこと？

緊張して喉がカラカラだというのに、院長はずっと柔らかい雰囲気を醸し出している。

「松浦くんは、なにがあっても高原くんについていく覚悟はあるかい？」

「はい」

ふたつ返事だった。それ以外の答えなんてない。

隣の奏多さんがハッとした顔で私を見つめたが、院長は満足そうにうなずいている。

「私は少々ロマンチストでね。運命っていうやつを信じてるんだ」

突然関係のないことを話し始めた院長は、「ただ、試練というものはつきものだ」

と付け足しながら、奏多さんの前に書類を差し出した。

「高原くんは、覚悟があって彼女の手を取ったんだろう？」

「はい」

なにが起こるの？

緊張で体が震え、膝の上の手をギュッと握りしめる。

「高原くんには、地方の診療所の医師として勤務してもらう」

嘘……。奏多さんに野上総合を去れと言っているの？

「待ってください！」

慌てて声をあげたのに、奏多さんに手で制されてしまった。

「オペのできる設備はない。内科業務が中心になる」

そんな……。

院長の言葉に愕然とする。

心臓血管外科医を目指してひたすら腕を磨いてきた彼に、オペすらできない環境は酷としか言いようがない。それなのに、隣の奏多さんは平然とした顔をしてうなずいている。

「わかりました」

淡々と進む会話についていけないのは、私だけなの？

「ただし、二年間のレンタルだ」

「レンタル、と言いますと?」

奏多さんが不思議そうに尋ねる。

「さっきも言った通り、君にはいずれ野上総合を支えてもらいたい。だから、逃したくない。それは……」

一瞬口をつぐんだ院長は、奏多さんをじっと見つめてから続ける。

「小柴部長も同じだよ」

今度は奏多さんが唖然としている。

それからしばし沈黙が訪れ、空調の音だけが響いていた。

「これは言うなと、言われているんだが……」

院長はためらいながらも、再び口を開いた。

「部長は、やっぱり娘はかわいいし、自分が惚れ込んだ高原くんと一緒になってくれたらと思っていたようだ。でも、男女の仲が思い通りにはいかないこともわかっていらっしゃる」

たしか、部長も離婚を経験していると聞いた。だからだろうか。

「高原くんにその気がないなら、無理やり結婚させてもうまくいかないだろうと」

奏多さんは唇を噛みしめ、うなだれた。

「彼女にはもっと早く結婚の意思がないことを告げるべきでした。私が小柴部長に師事して学びたいという欲を出したばかりに、彼女の大切な時間を犠牲にしてしまいました」

彼が以前に言っていた『どうしても捨てられないもの』というのは、きっとこのことだ。第一人者と言われる小柴部長について学び、心臓血管外科医になることは、奏多さんにとって悲願だったに違いない。

「そうだね。年頃の女性にとって、三年は少々長すぎた」

「はい」

酒井先生ほどの人なら、別の男性から交際を申し込まれることもあっただろう。それでも奏多さんを信じ、三年間も待ち続けていたのだとしたら、そう言われても仕方がないのかもしれない。

「ただ、正式な婚約ではなかったと聞いているが……」

「はい。彼女に交際を申し込んだこともありませんし、将来を約束したわけでもありません。ですが、部長が結婚を望んでいらっしゃることは承知していましたので、やはり私が悪いです。申し訳ありません」

奏多さんは自分の非を認めて謝罪する。

「そうか。高原くんの気持ちがわからないではないんだ。酒井くんを拒否すれば、小柴部長に教えを乞《こ》うのは難しかっただろう」

院長は小さなため息を落として難しい顔をする。

「小柴部長も、高原くんが交際を断れないような状況を作ったのは自分だからと、責任を感じておられる。だからといって、大切な娘が傷ついた事実を無視できないのも理解できる。その点も考えないとね」

プライベートな事情で人を動かすなんて、本来してはならないこと。でも冷静に考えると、酒井先生がこのままずっと奏多さんと同じ職場で働き続けるのは酷だ。

となると、どちらかが野上総合を辞めるという選択肢も出てくる。それなら二年間、ふたりに距離を置かせようと院長は考えたのかもしれない。

酒井先生も腕のいいドクターだ。奏多さんと同じように手放したくないはずだ。

「当然です。私がここを去ることに異存はありません。それに、二年という期間だけで許していただけるとは思っておりません」

奏多さんの言葉に耳を傾けながら、私の選択が本当に正しかったのか不安になる。

「本当に、松浦くんのことが大切なんだね」

「はい」

ためらいもなく返事をする奏多さんに驚きながら、彼の将来をメチャクチャにしたのかもしれないと体が震える。

「悪いが、高原くんに選択の余地はない。いずれ野上総合に戻ってきて、君の能力を発揮することが最終的な償いになると思ってほしい。小柴部長にも優秀な医者を潰してしまったと苦しんでほしくないしね」

それは、ここに戻ってこられる保証をしてくれるということ?

一定の冷却期間を設ければ、小柴部長の父親としての面目も保つことができる。それに加え私的な事情で、愛弟子をオペの設備の整わない診療所へ追いやらなければならない、医師としてのつらい気持ちも十分に汲んでいるのかもしれない。

院長の下した判断には、愛が詰まっていた。

とはいえ、奏多さんにとっては過酷な試練になる。そして、こんな事態を招いたのは、まぎれもなく私だ。

「院長、ありがとうございます。ご期待に沿えるよう、努力いたします」

「あぁ、期待している。あとは彼女と相談しなさい」

「はい」

奏多さんは院長から視線をそらすことなく、きっぱりと返事をした。

「松浦くん」

「はい」

「君はこの件で心を痛めるかもしれない。でも、運命というものからは逃れられないものですよ？」

院長の優しい笑みが、かえって私を苦しめる。

呆然としたまま院長室をあとにすると、奏多さんは突然私の手を引き、医局とは反対側へと歩いていく。そして、普段あまり使われることのない階段で足を止めた。

「都」

「私……嫌です。奏多さんがここにいられなくなるなんて、絶対に嫌！」

混乱のあまり、強い口調になってしまう。

「都、落ち着いて」

冷静な奏多さんは叫ぶ私を強く抱きしめた。

「嫌……」

自分の幸せのために、愛する人の夢を奪うなんて……。

「都」

彼は泣きじゃくる私を、しばらくそのまま抱きしめていた。

「覚悟の上だったんだよ」

私はなんて浅はかだったんだろう。小柴部長の怒りは覚悟していたのに、まさか奏多さんがこの病院から追い出されるとは思ってもいなかった。

「嫌……」

彼の白衣を握りしめ、首を振る。

私には大切な人を守るどころか、傷つけることしかできないの？

「都。院長が二年で戻してくれると言っただろ？　本当はもう心臓血管外科医になることはあきらめるつもりだったんだ。十分、ありがたいんだよ」

退院したばかりのとき、小谷先生が『それなりの覚悟があってのことだな』と口にしたが、これほど大事になるとわかっていなかったのは、私だけなの？

「俺はお前を離す気はないんだ」

ひんやりとした踊り場の空気が、私を突き刺してくる。

「大丈夫だ。必ず這《は》い上がる」

「奏多さん……」

彼の言葉がうれしいのに、素直に受け取れない。

動揺したまま彼を見上げると、優しい笑みを浮かべている。

「俺を信じて」

奏多さんは私の頬に手を伸ばして包み込む。すると心まで丸ごと彼の温もりに包まれた気がして、ようやく落ち着きを取り戻した。

「さてと。残念だけどこれから当直なんだ。明日、日勤が終わると休めるから、そのあとゆっくり話そう。都のことも考えないとな」

「……はい」

本当は今すぐ話し合いたかった。しかし、当直では仕方がない。

私はうしろ髪を引かれながら彼と別れて更衣室に足を進めた。

『病み上がりだから、余計なことを考えずに寝るんだぞ』と釘をさした奏多さんは、当事者なのに落ち着いている。

でも、本当にこれでいいの？

考えが頭の中でまとまらず呆然と歩いていると、「松浦ちゃん」と声をかけられた。

「小谷先生……」

「どうしたんだ？　体調、悪い？」

「いえ……」

きっと目が真っ赤だから心配したのだろう。小谷先生は目を丸くして、「ちょっと来い」と私を引っ張った。

彼はすでに照明の落とされた総合受付のイスに私を座らせ、自動販売機でコーヒーを買ってきてくれた。

「疲れたときは甘いもん、なんだろ?」

クスッと笑う先生は、私に甘いコーヒーを差し出す。

「ありがとうございます」

「高原は?」

「当直、です」

「まったく、間が悪いヤツ」

自分にはブラックコーヒーを買ってきた彼は、ゴクリと喉に送った。

「それで?」

小谷先生が心配してくれているのはわかる。けれど、話してもいいのかわからない。

黙ったままコーヒーを握りしめていると、「高原、どこに飛ばされるって?」と彼のほうから質問してきた。

「えっ……」

「アイツは最初からそのくらいの覚悟があったんだよ。松浦の部屋で鉢合わせしたとき、あぁ負けたと思った」

　小谷先生もわかっていたんだ。

「二年間、地方の診療所にって。内科業務ばかりだろうって……」

「そっ、か」

　彼は大きなため息をつき眉をひそめる。

「二年っていうのは、院長の温情、か……」

「はい。多分……」

「二年あれば、酒井の傷が癒えると踏んでいるんだろうな。院長、すごくいい人なんだ。あの人、自分が大恋愛して奥さんと結ばれたもんだから、人の恋路は全面的に応援してくれるんだよ。おもしろい人だろ？」

　おどけた調子で話しているのに、彼の目は笑っていない。

「で、松浦は自分のせいだと思ってるわけだ」

　そう言われた瞬間、我慢していた涙がコーヒーの缶にポタリとこぼれた。

「松浦、冷静に考えろ。もしお前が身を引いたら、高原は酒井と一緒になると思うか？」

　それは……。

「あいつはそんなヤツじゃないだろう？　だったら、松浦がそばにいるしか選択肢はないんだぞ。別れるという選択をしたら、高原はますます苦しくなる」

「小谷先生……」

私が別の人を選んだというのに、彼は優しい。

「もう、恋は始まってるんだ」

クスクス笑う彼は、「俺、かっこいいこと言った」と私の肩をポンと叩く。

そう。私たちの恋は、もう始まっている。あと戻りはできない。

それなら私が、奏多さんを守ればいい。

「小谷先生、酒井先生がどこにいらっしゃるかご存じありませんか？」

「酒井なら、さっき帰っていくのを見かけたけど……」

「酒井先生のご自宅は？　自宅を知りませんか？」

突然立ち上がった私を唖然と見つめる彼は、「連れてってやるよ」と口角を上げる。

「先生、お仕事は？」

「もう終わってる。車回すから、着替えて裏玄関に来い」

一旦覚悟が決まると、迷うことはなかった。

背中を押してくれた小谷先生のためにも、踏ん張りたい。

帰り支度を済ませて裏玄関に走ると、すぐに小谷先生の車が滑り込んできた。

「お願いします」

「おぉ」

まさか、彼に協力してもらえるとは思ってもいなかった。

「しかし、ムカつくな」

「なにが、ですか？」

ハンドルを握り前を見据える彼は、言葉とは裏腹に口元を緩める。

「高原だよ。アイツは知識も技術もどう頑張っても追いつけないし、松浦をこんなに夢中にさせる」

小谷先生の言葉が恥ずかしくてうつむくと、「しょうがないから応援してやる」とつぶやく。

「ごめんなさい」

「あぁ、やっぱり小谷先生にしておけばよかった！って後悔するなよ？」

ケラケラ笑う彼は、さらにアクセルを踏み込んだ。

「ありがとうございました」

小谷先生に部屋番号を聞き、酒井先生のマンションに入っていこうとすると、彼も車を降りてくる。

「もうここで……」

これ以上、厄介事に巻き込むわけにはいかない。

「松浦が突然訪ねていって開けてくれると思ってるのか？　俺も行くよ」

「でも……」

彼は私の制止を聞かず、エントランスで部屋番号を入力してチャイムを鳴らす。

「ちょっと隠れてろ」

「……はい」

たしかに、私が話があると押しかけても拒否される気はする。とはいえ、小谷先生に助けてもらうことに胸が痛んだ。

「俺。小谷。話があるんだ。入れてくれない？」

すぐに応答した酒井先生は、『なんなのよ』と言いながらもオートロックを解除した。

「行くぞ」

「はい」

目の前にあるエレベーターに乗り込むと、心を落ち着かせるために深呼吸する。

「こんなことしたら、高原に叱られそうだな」

小谷先生は私の顔をチラッと見つめて、小さなため息をついた。

「すみません」

「ま、他の方法思いつかないけど」

奏多さんの診療所行きを阻止できるのは、おそらく酒井先生だけ。小柴部長に頼んでも、父親という立場上、難しいだろう。

彼女を傷つけた今、誠心誠意謝罪して許しを乞い、小柴部長に地方勤務を撤回してもらえるように口添えしてもらうしかない。私にはそれしか思いつかなかった。

やがて五階に到着すると、エレベーターを降りた小谷先生は足を止めた。

「ここで見守ってやる。あとは松浦の仕事だ」

「はい」

ここまで連れてきてくれただけでもありがたい。それに、奏多さんを守るのは、私の仕事。

角の部屋まで行き、意を決してチャイムを鳴らすと、すぐにドアが開いた。

ている。

「もう、なんの用？」

長い髪をかき上げながら悪態をついているというのに、彼女は大人の色気を漂わせている。

「えっ、どうして？」

私の姿に驚いた酒井先生は、目を丸くして立ち尽くしている。

「酒井先生にお話があります」

「なに言ってるの。あなたを入れた覚えはないわ。帰って！」

胸に突き刺さる冷たい声。しかし、ひるんではいられない。

「本当に申し訳ありませんでした」

「はっ？　あなた、自分がなにをしたかわかってるの⁉」

酒井先生は廊下に響き渡る声で私をなじる。でも、当然の報いだ。

「申し訳ありません」

私は深く頭を下げて謝罪を繰り返した。

「許せとでも？」

「私のことはどれだけでも非難してください。でも、高原先生が心臓血管外科から外れるのだけは許してください。高原先生は小柴部長を心から尊敬し、日々努力されてきました。それなのに……」

「そんなこと、聞かなくたって知ってるわよ！」

怒りに震える彼女がドアを閉めようとするので、とっさに手を伸ばして止める。

「帰りなさいよ！」

酒井先生が躍起になって私の手を引き離そうとするので必死に抵抗していると……ドアの金具で指を切ってしまった。

「痛っ」

それでもこの手は離せない。このままでは帰れない。

「ちょっと、なにしてるの⁉」

深めに切ってしまったらしく、血がポタポタと床にこぼれる。しかしそんなことは構っていられない。

私はもう一度大きく開いたドアの前で、廊下に正座して深く頭を下げた。

「図々しいのは承知しています。でもお願いです。高原先生がメスを握っていられるように力を貸してください」

「それなら、別れなさいよ」

血の流れる左手が熱い。ドクンドクンと心臓が打つたびに、じわじわと血がしみ出ていく。

ずっと血が怖かった。しかし今、もっと怖いのは……奏多さんが二年もの間オペができなくなること。そして、彼と別れること。

「それは、できません」

「ふざけないで！」

一歩近づいてきた彼女に胸倉をつかまれ……殴られると思った瞬間、目を閉じた。

「酒井。お前の負けだ」

そのとき、突然小谷先生の声がした。

目を開けると、彼が酒井先生の振り上げた手を制している。

「小谷くんには関係ない。だいたいあなただって、この子に裏切られたんでしょ？」

「裏切られてなんてないぞ。俺が一方的に好きだっただけ。お前と同じだ」

「同じじゃないわ！」

酒井先生は興奮気味に声を荒らげる。

「同じだよ。酒井は高原がどうしてお前を拒否しなかったのか、わかっていたはずだ。俺の目には、お前たちが付き合っているようには見えなかったけど？」

「それは……」

唇を噛みしめる酒井先生をチラリと見つめた小谷先生は、私の隣にしゃがみハンカチで出血している左手を強く縛る。

「松浦が脳震盪を起こしたのは、聞いてるな」

「えぇ、まぁ……」

「セカンドインパクト症候群をもちろん知っているな。あのまま手を振り下ろしたら、その可能性があったわけだ」

セカンドインパクト症候群——脳震盪を起こした直後に、もう一度脳に衝撃が加わると命に関わる。だから細心の注意を払うようにと、何度も奏多さんに念を押されていた。叩かれればその可能性があったことは、私も承知の上だった。

「高原は彼女に、その危険性についてしつこいほど話をしているんだぞ。つまり……」

立ち上がった小谷先生は、苦しげな顔をして酒井先生を見つめる。

「松浦は、命をかけてでも高原を守るつもりだったということだ。酒井にそんなことができるか?」

「そんなの、大げさよ……」

酒井先生の目が泳ぐ。

「セカンドインパクト症候群の致死率は」

「……五十パーセント、以上」

小谷先生の質問に渋々答えた酒井先生の声が、徐々に小さくなる。

「松浦はそれも知っている」

酒井先生はうなだれてしまった。

「俺たちは医者だ。命を救う、医者。なにがあろうとも、それだけは忘れるべきじゃない」

諭すように語る小谷先生は、私をゆっくり立たせる。彼を見上げる酒井先生の瞳が、心なしか潤んで見えた。

「酒井のつらい気持ちは痛いほどわかる。俺も失恋したばかりだしね。またあとで来るから待ってろ。とりあえず、治療しないと」

小谷先生は、私の手を引いて歩き始めた。

うしろでドアが閉まる音がする。その音を聞いた瞬間、張りつめていた気持ちが緩んだのか、左手がジンジン痛み始めた。

「まったく、お前ってヤツは！　お説教だ」

「すみません」

彼はエレベーターに私を乗せたあと、ハンカチを取って患部をのぞき込む。

「縫わないとダメだな」

「……はい」

もう一度ハンカチで傷を縛った小谷先生は、私を再び車に乗せて病院に向かう。

「松浦、いいか。お前が死ぬようなことがあれば、誰が一番悲しむんだ」

彼の言葉が胸に突き刺さる。

「ごめんなさい」

「二度と危険なことはするな。そんなこと、高原は望んでない」

「はい」

うつむいて唇を噛みしめる。

もちろん死ぬつもりだったわけじゃない。けれど、たとえそうなったとしても、奏多さんの夢を叶えたいと、あのとき思った。

「ったく。今回だけは松浦の一生懸命さに免じて、高原に一緒に謝ってやる」

そう言った先生の顔からは、もう怒りが消えていた。

病院に着くと、夜間の職員玄関から外科病棟に上がった。

「高原いますか？」

小谷先生が外科のナースステーションで声をかけると、すぐに奥から奏多さんが顔を出す。

「松浦、お前……」

「話はあと。縫合が必要だ」

私はすぐに処置室に入れられて、ベッドに寝かされた。

「ドアの金具でスパッといった。ちょっと深そうだ」

「どうして……」

奏多さんの顔がゆがむのを見て、小谷先生に叱られたことを思い出す。無謀なことをしてしまった。

「松浦、今から局所麻酔をして傷を縫合する。怖ければ壁のほうを向いていろ」

「はい」

「縫合セットを持ってきて」

ナースに指示を出した奏多さんは、ベッドの横に座り、患部を診ている。

見ていないのも怖くてチラッと視線を送ると、彼は私にタオルをかぶせた。

「心配するな。きれいに縫ってやる」

彼の技術は、小柴部長も認めるという。実際、額の傷を内藤さんに見せたら、『すごくきれいに縫ってある』と驚いていた。

麻酔を打ったときだけチクリとしたけれど、あとはまったく痛みを感じない。あっという間に終わった。

「高原、ちょっと。あっ、松浦。あとは俺がなんとかしてやるから、お前はなにも考えずにぐっすり眠れ」

「ありがとうございます」

「じゃ」

小谷先生は私に笑顔を見せたあと、奏多さんと一緒に出ていった。

また、心配をかけた。奏多さんを守りたいのに、迷惑ばかりかけてしまう。

自己嫌悪に陥りながら、ガーゼのあててある指を眺める。

いつか私も治療のサポートができるようになりたいな。

私は最近漠然と考えていた感情が大きくなるのを感じた。それはきっと、近くで奏多さんたちの奮闘する姿を見ているからだ。

それから十分ほどで戻ってきた奏多さんは、イスに座って私の目をじっと見つめる。

「小谷に全部聞いた。主治医としては叱り飛ばしたいところだけど、アイツが叱らないでくれって言うから……」

彼は困った顔をして、私の頬にかかっていた髪をそっと払う。

「ありがとう、都」

「奏多さん……」

「だけど、もうこれ以上はダメだ。俺の心臓が持たない」

彼は自分が治療したばかりの私の手を持ち上げ、指先に唇を押しつける。

「ごめんなさい」

「院長が言ってただろ？『運命というものからは逃れられない』って。都は俺の運命の人なんだ。だから、そばにいてくれるだけでいい。都を手に入れるための試練なら、なんでも受け入れるよ」

「そんな……」

それではあまりに代償が大きすぎる。彼の人生が大きく狂ってしまうのだから。

「ただ、院長はひとつだけ間違ってる。運命は自分で切り開くこともできるんだ。だから心配するな」

「はい」

奏多さんの声色が優しいからか、気持ちが落ち着いてきた。

二年というのは、彼には長すぎるほどの時間だ。その間に積めるはずの経験を放り出さなくてはならない。しかし、彼ならすぐに巻き返しそうな気もする。

「これ」

それから奏多さんはポケットからカギを取り出し、私に握らせた。

「今から都の家まで帰るのは遠すぎる。俺の部屋、使っていいから」

時計の針はもう二十三時を指そうとしている。

「でも……」

「でもって、もう俺のベッドで寝たことあるだろ」

「あっ……」

酔っ払ったときのことを言われて、耳まで熱くなるのを感じる。

「服はちゃんとたたむもんな」

「もう！」

笑いを噛み殺している奏多さんを見て、やっと緊張が解けた。

結局、タクシーで彼のマンションを目指した。

制服は更衣室に置いてあるし、化粧ポーチも持っているので、明日このまま出勤しても困らない。

奏多さんの家に入った瞬間、ここに行くように言われたわけがわかった。

彼の存在を感じることができるこの部屋は心が落ち着く。

奏多さんがいつも使っているコップ。テーブルに置きっぱなしにされたボールペン。

それがあるだけでも、彼を身近に感じて心強い。

「あぁ、ケガだらけ」

額に指に……。けれども一番痛むのは心。

私にはもうなす術がなく、奏多さんを信じて待つしかなくなった。

ベッドに横たわると、大好きな人の匂いが私を安心させる。あんなに興奮していたのに、目を閉じると眠気が襲ってきた。

「おやすみなさい、奏多さん」

仕事をしている彼に悪いと思いつつ、ヘトヘトに疲れていた私は、すぐに深い眠りに落ちていった。

つながる未来

　翌日、奏多さんの家から出勤すると、包帯をグルグル巻かれた私の手を見た那美が目を丸くしている。

「都、どうしたの？」

「ドアでちょっと……。まったくドジでしょ？」

　昨日のことはどうしても言えない。彼女にはなにもかも決まってから報告しよう。

「ほんとだよ。気をつけて」

「ありがと」

　救急の受付業務は、右手だけでなんとかこなした。加賀さんや中川さんが心配してくれたものの、今まで休んでいたのにこれ以上迷惑はかけられない。

　でも……この仕事ができるのも、あと少しの間かもしれない。奏多さんがここを去るとしたら、私が残るのもおかしい。

　その日は酒井先生の当番ではなくて、ホッとした。

　あのあと小谷先生が彼女のところに行ってくれたはずだけど、あれからどうなっただろう。

朝、奏多さんから傷を気遣うメールはもらったが、小谷先生からの連絡はなかった。

「都ー」

お昼を過ぎた頃、医事課で用事を済ませてから救急に戻る廊下で私に突進してきたのは、元気いっぱいの清春くんだ。

「こんにちは。外来だったの？」

笑顔で挨拶をしたのに、清春くんは顔をしかめる。私の左手の包帯を見つけたのだ。

「都、どうしたの？　痛い？」

「ちょっとケガしちゃった。でも大丈夫だよ」

あとから追いかけてきたお母さんに会釈すると、清春くんは視線を合わせるためにしゃがんだ私の頭を撫でてくれる。

「よしよし。頑張ったね」

「清春くん……」

彼の温かい行為に胸が温かくなる。

「すみません。入院中、高原先生によく頭を撫でていただいていたんです」

「そうだったんですね」

奏多さんの優しい気持ちがきちんと清春くんに伝わっている気がして、うれしくなった。

「都、先生がね」

「松浦さん、でしょ！」

お母さんが制するのもおかまいなしに、彼は夢中になって話を続ける。

「また、一緒に公園行ってくれるって。都も一緒に」

「そっか。そうだね。行こうね」

「やったー！」

これが最後かもしれない。奏多さんが野上総合を去るということは、清春くんとは関われなくなるということだ。

「すみません。本当によろしいんですか？」

「もちろんです。清春くん。今度は、私がお弁当作るよ」

「ホントに？」

私に抱きついて大げさなほどに喜びを表現する彼が、かわいくてたまらなかった。

その夜。奏多さんが私の家に来てくれることになり、ひと足先に帰った私は食事の用意をした。

酔って覚えていなかったとはいえ、約束、だったから。

さわらの西京焼と五目煮。そしてアサリの味噌汁。冷奴にはオクラをのせて。

いつもコンビニ弁当だと言っていた彼に、野菜が多めの食事を用意した。和食にしたのは、外食のときはいつも洋食だと聞いたからだ。

左手が思うように使えなくて苦労したが、なんとかうまくできたはず。

それなのに、急変した患者がいたのかなかなか彼は帰ってこない。時計が二十時を指そうとする頃、ようやく玄関のチャイムが鳴った。

「遅くなって、ごめん」

「いえ。おかえりなさい」

玄関でおかえりなさいと出迎えるのはちょっと照れくさい。それでも彼は「ただいま」と微笑んだ。

「あれ、もしかして飯作ってくれた？　いい匂いがする」

「はい。お口に合うかどうか……」

「昼飯食べ損ねたんだ。うれしいな」

白衣を脱いだ彼は、途端に身近な存在に感じられる。

料理を小さなテーブルに並べると、「全部、都が作ったの？」と驚いている。

「はい。ひとり暮らしも長いですし」

「俺も長いけどできないぞ？」

奏多さんはおかしそうに肩を震わせている。

彼は本当にお腹が空いていたようで、「うまい！」を連発しながらどんどん食べ進める。その様子を見ているだけで幸せだった。

「都。早く食わないと、俺が全部食っちまうぞ」

「いいですよ」

「ダメだ。食え」

奏多さんは五目煮のレンコンを箸でつまみ、私に差し出す。

「ほら、口開けて」

恥ずかしくてたまらないが少しだけ口を開けると、口に入れてくれた。

「おいしい」

「だろ？　俺が作ったわけじゃないけど」

奏多さんと一緒だと心が弾みっぱなしだ。

「ふたりだと楽しいことは倍増するって、知ってた？」

「倍増？」

「いや、三倍かも」

西京焼をあっという間に平らげた彼は、白い歯を見せる。

「そうかもしれないですね」

だって、こんなに幸せだから。

「でも悲しみは半減する」

彼は箸を置き、瞬きすることなく私を見つめる。

「都の悲しみは俺が半分引き受ける。だから、俺の悲しみは都が半分引き受けて？

そうやって、ふたりで生きていこう」

それはまるでプロポーズのようだった。

「……はい」

なにがあっても奏多さんとは別れられない。

きっとそれが、運命だから。

胸がいっぱいになり瞳が潤んでくると、彼は立ち上がって私の隣にやってきた。

「都を失いたくない」

床に膝をつき目線を合わせる彼は、私の頬を両手で包み込む。

昨日のいきさつを知っている彼の声は震えていた。

「ごめんなさい。奏多さんを守りたかった……」

「わかってるよ。わかってる」

噛みしめるように言う奏多さんは、私を抱き寄せる。

「都のおかげで、ひとつ提案を受けた」

「提案?」

彼は立ち上がって玄関まで行き、バッグからなにかを取り出す。

「こっち、来てごらん」

そしてそのままソファに向かい私を手招きした。小さなソファはふたりで座るといっぱいになる。

「これ、なんですか?」

「小柴部長の、推薦状」

「小柴部長?」

なにを言っているのかよくわからず、首を傾げながらその書類を受け取って開いたものの、英文で書かれていて内容が理解できない。

「アメリカの心臓血管外科の権威に、俺を推薦してくれた書類だ」

「アメリカ？」

それは、どういうこと？

「うまくいけば留学できる。まだ承諾されたわけじゃないけどな」

「ホントに？」

「酒井が部長に助言してくれたって。俺を外科から外すなって」

酒井先生が？

「以前から部長は、もう少し日本で学んだら一度海外を見てこいと言っていた。少し時期は早すぎるけど……」

「よかった……」

私は彼の胸に飛び込んだ。

これで彼の夢が途切れることはないんだ。

「小谷が酒井を説得してくれたみたいだな。都が必死だから仕方ないってさ」

小谷先生、ありがとう……。

彼の厚い胸に顔をうずめてうれし涙を隠したのに、「泣き虫だな」と笑われてしまった。

「ありがとう、都。全部都のおかげ」

感激のあまり声が出せずに首を振ると、強く抱きしめ返してくれる。

「都。アメリカ行きが決まったら、一緒に来てほしい」

彼の言葉は胸が苦しいほど幸せだった。でも……私には思うところがある。

「私、日本で待ってたらダメですか？」

「えっ……」

奏多さんは腕の力を緩め、険しい表情で私を見つめる。

「どうして？　海外が不安？」

身寄りのない私が同行をためらう理由なんてない。英語はできないけれど、努力すればなんとでもなる。

「奏多さんとの未来を真剣に考えました」

「それなら、一緒に……」

本当はそうしたい。しかし、どうしてもやりたいことがある。

「私、看護学校に行きます」

「看護学校？」

私の告白に目を丸くする彼は、そのあとの言葉が続かない。

「いつか奏多さんと一緒に患者さんを救いたいんです。奏多さんや清春くんみたいに、つらい入院生活を送る患者さんを支えたい。無謀なチャレンジだとわかっています。でも、情熱を傾ける奏多さんを見ていたら、私もって……」

奏多さんと同じように、患者を救えるわけじゃない。けれど、患者の苦しみに寄り添い支えることならできるかもしれない。

彼のように苦しむ人がひとりでも減るように。きっと母も、そんなナースだったはずだ。

「都……」

奏多さんはそれからしばらくの間、なにも言わず私をただ見つめていた。

やっぱり、ダメ、かな。

せっかく一緒にいられるようになったというのに、わがままかもしれない。

そんなことを考えていると、彼は頬を緩めて口を開く。

「俺と、同じか……」

「奏多さんと?」

「ひとりでも多くの患者を救いたい。そうだろ?」

「……はい」

彼に出会わなければ、看護師になりたいなんて思わなかっただろう。

血への恐怖はずいぶん克服できたとはいえ、看護師が激務なのは知っているし、奏多さんが悩むようにどうしても救えない命もある。

でも……最後の最後まで手を尽くす彼を知ったから。私も誰かの命を救う手助けがしたい。

「都の夢、応援するよ。けど……こうして抱きしめられないのは、つらいな」

奏多さんはもう一度私を強く抱きしめる。

それは私も同じ。毎日彼と微笑み合っていられたら、どんなに幸せだろう。

けれど、将来そうするために今は少しだけ踏ん張りたい。

「ごめんなさい」

「謝る必要はない。でも、なにがあってもお前のことだけは離さない。それだけは覚えておいて」

「はい」

私が返事をすると、奏多さんは腕の力を緩めて私の顎に手をかける。そして、熱くて甘い唇を重ねた。

「愛してる」

甘い吐息とともに吐き出された言葉がうれしくて彼のたくましい腕をギュッと握る

と、再び唇が重なる。今度は触れるだけではなく舌が口内に入ってきた。

「ん……」

鼻から抜けるような甘いため息が漏れて、恥ずかしさのあまり頬を赤らめる。でも離れたくない。

奏多さんは私をゆっくりソファに押し倒し、深いキスを続ける。

「都……。愛してるんだ」

彼の切なげな声に、胸が震える。

やがて熱を帯びた彼の唇が首筋を這い始め、ひとつふたつとボタンの外されたシャツの隙間を通り、下りていく。

「あぁっ……」

胸の谷間を強く吸い上げられて、甘い声が漏れた。

「ダメだ。これ以上は止まらなくなる」

医師としての理性が、彼を止めたようだ。この先に進んだら、脳震盪を起こしたことなんて頭から飛んでしまうだろう。

「都」

私を抱き上げて再び腕の中に誘った彼は、大きく息を吐き出した。

「お前を縛りつけたい。俺のことしか見えないように」

もう、あなたしか見えないのに。

「奏多さん、愛してます。もう、縛られちゃった」

精いっぱいの告白をすると、彼はクシャッとした顔で笑う。

こんな無邪気な姿が見られるのは、きっと私だけ。

「バカだな。まだまだ縛り方が甘い」

「えっ？」

「きちんと治ったら、縛りつけて離れられないようにしてやる。覚悟しとけ」

今度はニヤリとイジワルな笑みを浮かべ、再びキスを落とした。

温かくて柔らかい彼の唇は、私をしびれさせる。

「都は俺だけを信じて、思う道を進めばいい」

「はい」

私は必死に走るだけでいい。きっと彼が導いてくれるから。

「あっ。飯、途中だった」

「本当ですね」

「都を食べ損ねたし、もう少し食うか」

そんな恥ずかしい発言を聞いて真っ赤になる私を笑う奏多さんは、私の手を取りテーブルに戻る。

「都。俺がアメリカに行くまで、俺の家においで」

「えっ？」

「なかなか一緒にいられない。一秒でも長く一緒にいたい」

本当に愛されていると感じられて胸が熱くなる。

そういえば、星がきれいに見える部屋で一緒に暮らそうと前に言われたな。

声を出すこともままならないほど幸せで満たされた私がうなずくと、彼は照れくさそうに微笑み、再び箸を手にした。


その翌日。

病院からの呼び出しもなく、ひと晩中一緒に過ごした彼と一緒に出勤した。

今日の救急担当は、酒井先生。

私は始業時間より早めに、病棟と外来棟を結ぶ廊下に向かう。

「おはようございます」

「おはよう」

しばらく待っていると……酒井先生がやってきた。

「ありがとうございました」

他に言葉はいらないと思った。ただ感謝の気持ちをそのひと言に込め、頭を深く下げる。

「別に……」

そのまま行ってしまうかと思いきや、彼女は私の前で足を止める。

「小谷くんに叱られたわ。失った恋にしがみつくなんて、いい女がスタるって」

彼女の言葉に驚き顔を上げると、その瞳からは怒りを感じない。

「本当はわかっていたの。奏多さんの心の中に私なんていないこと。だってあの人、デートにすら一度たりとも誘ってくれなかったもの。誘うのはいつも私。しかもほとんど断られたしね」

酒井先生は、眉間にシワを寄せる。

「だから、あなたがここに来てあっという間に彼の心を奪っていくから、すごく腹が立った。まあ、八つ当たりよね」

はっと短いため息を漏らした彼女は、首にかけてある聴診器に触れて続ける。

「これで彼の心の中をもっとのぞいておけばよかった」

酒井先生はほんのり口角を上げる。優しい表情の彼女は、いつにもまして魅力的だった。

「外科医としての彼を尊敬してる。成功を祈ってるわ」

再び歩き始めた酒井先生は、少し進んだあと立ち止まって振り向いた。

「手、ごめんなさい。優秀な外科医に治してもらって」

酒井先生のおかげで、奏多さんの夢が叶う——。

私は彼女の姿が見えなくなるまで、頭を下げ続けた。

ひどい言葉を浴びせられたこともあったが、それも彼女が奏多さんを本気で愛していた証。

私も慌てて救急に向かうと、彼女はもうテキパキと働き始めていた。


それから二週間ほどして、奏多さんのアメリカ行きが正式に決定した。

そして私も、看護学校受験のために、彼の家に転がり込んで勉強に励んでいる。

「都、ここ違うぞ」

「はぁ、思った以上に忘れてる……」

面接や小論文だけの社会人入試もあるものの、落ちたときのことも考えて一般入試対策もしなければならない。

理系が得意な奏多さんは、数学の苦手な私を笑いながらも、貴重な休憩時間を私のために費やしてくれた。

「もう、医学の勉強しようか」

「でも、受からないと……」

現役のドクターが一緒にいて、たしかに医学の勉強をするには最適な環境。けれども、その前に入試をクリアしなければ。

「これ」

彼は私にパンフレットを差し出した。

「これって……野上の看護学校、ですよね」

「うん。ここに行けばいい」

「私立は学費が払えません」

公立でも奨学金をあてにしているのに、私立なんてとんでもない。

「院長が、都なら喜んで推薦するって。それに、授業料の一部を免除してもいいってさ。その代わり、野上でこき使われるのは覚悟しろって言ってたぞ」

「えっ⁉」

もちろん、奏多さんが帰ってきたら野上総合で働きたいけど……。

「どうやら都を人質に取るつもりらしい」

人質？

そっか。私が野上総合で働けば、彼も絶対に戻ってくると踏んでいるんだ。

「なんてな。本当は都の能力を評価してくれてるんだ。救急でも熱心にナースにいろんなことを聞いていただろう？」

たしかに、聞きなれない専門用語を覚えたくて内藤さんにはよく教えてもらった。今では先生たちがナースに次に要求することもわかるようになったし、初療室で叫ばれている血圧や脈拍などのバイタルサインや、血液中の酸素量の目安となるサチュレーションなどの数値で、患者の状態をなんとなく把握することもできる。

「その様子を師長が感心して見ていて、ナースを目指すならぜひ欲しいって言ってたらしいぞ」

「師長が、そんなことを？」

全然知らなかった。

ナースに頼まれごとをしながら材料の名前を覚えたり、カルテを打ち込みながら検査の意味を知ったりはしたけれど、そのことで師長になにか言われたことなんて一度もないから。

「都が頑張った証だよ。血を克服できただろう？」

「どうして知っているんですか？」

彼に話したことはない。

「指を縫ったとき、倒れるんじゃないかとヒヤヒヤした。けど、自分のケガなのにじっと見てたじゃないか。ああいうときは、気分が悪くなる人も多いんだぞ」

そう言われるとそうかもしれない。自分でも驚くほど冷静だった。

「奏多さんを信じてるから」

「俺？」

「はい。奏多さんなら、必ず助けてくれるから」

初めて会ったあの日。この人になら命を預けられると感じた。そして、彼を知れば知るほどその思いは強くなった。

「まったく。都はいちいち俺の心を揺さぶる」

「えっ？」

彼は私からシャープペンを奪い、唇を重ねる。

「ダメ。勉強しなきゃ……」

「これから、教えてやる」

ニヤリとイジワルな笑みを浮かべる彼は、私を押し倒した。

「ちょ、ちょっと……」

勉強するんじゃないの？

「まずは、首」

「あっ……」

私の両手を拘束して床に押しつけた彼は、首筋に舌を這わせる。

「首の骨は、いくつでしょう？」

「えっ？ ……やっ」

今度は首筋に吸い付くようなキスをして、「ほら、いくつ？」と催促する。

こんな勉強の仕方？

「わ……かんない」

「残念。七つでした。それじゃあ次」

彼は舌をとがらせ、首の下あたりをなぞるように舐め上げる。

「ここ。下気道の役割は？」

体がゾクゾクして、頭がうまく働かない。

「そんなの、知らない……」

「また不正解。吸気に混じっている埃や塵、細菌を捕まえるんだ」

言っていることはすこぶる真面目なのに、やっていることは……。

「あっ、ダメ……」

彼はいつの間にか私のシャツのボタンをすべて外し、露わになったブラの谷間を吸い上げる。

「ここは、なに？」

まだ、続くの？

「心臓……」

「そう。正解。ちょっと脈が速いようだけど……」

それはあなたのせい。

私の心臓に耳を押し当てて心音を聞いている彼の柔らかい髪が直に触れ、体がビクッと反応する。

するとTシャツを脱ぎ捨てた彼は、私の手を傷だらけの心臓のあたりに誘導した。

「心配しないで。俺もとびきり脈が速い」

それを聞いて、なんだか泣きそうになる。

彼の心臓は動いている。だからこうして、触れ合える。

「都と一緒にいると、胸が苦しくてたまらない」

さっきまでふざけていたくせに、苦しげな顔をする。

「奏多、さん……」

「都が治して」

再び覆いかぶさってきた彼は、唇と唇が触れそうな距離で動きを止める。

てっきりキスされると思ったのに。

「都が俺の人生を肯定してくれたから、頑張れるんだよ」

彼の声が優しくて、胸が震える。

「奏多さん……好きです」

伸び上がってキスを求めると、彼は甘いため息を漏らしながら唇を覆った。

私は離れていく彼の胸に手を伸ばして傷痕に触れたあと、体を起こしてその傷に口づけをした。

「都……」

しびれるような彼の声に胸が高鳴る。

「脈が、速すぎ……」

「都のせいだ」

心臓の心配をしていると、奏多さんのたくましい体が私を包み込む。

「あぁ……っ」

すぐにブラが外され、露わになった乳房の先端を指で触れられた瞬間、自分でも信じられないような甘い声が漏れた。

「好きな女の甘いため息は、興奮を誘う。体温が上昇し、脈拍が増大し……ますます愛おしくなる」

勉強を再開した彼を前に、体が火照るのを止められない。

不意に私を抱き上げた奏多さんは、ベッドに連れていき押し倒した。

「都が愛おしくてたまらない」

激しい感情が一気にこみ上げてきて、息が苦しい。

「奏多さん……」

ポロポロと涙がこぼれる。彼を日本で待つと決めたのは私なのに、離れたくない。

「都の体に俺を刻みつけてやる。二年分の愛を」

それから彼は、私を翻弄《ほんろう》し始めた。

全身をくまなく這う舌が、私の体を真っ赤に染め上げる。彼の髪に手を入れ悶《もだ》えると、それを楽しむようにますます激しい愛撫が繰り出される。

「奏多、さん……。奏多さん」

何度も名前を呼びながら筋肉質な腕をギュッとつかむと、そのたびに深いキスが降ってきた。

「ヤバイ。全然余裕ない」

そう吐き出した彼は、私を一気に貫いた。

「あぁーっ」

背をしならせて乱れると、彼は噛みつくようなキスをする。そのキスは激しく、それでいて優しい。

「都……」

もう言葉はいらない。彼の愛を全身から感じるから。

「あっ、あっ……」

彼の動きに合わせて漏れるため息は隠せない。

奏多さんもまた、息を荒らげて苦しそうな顔。本当に心臓が止まってしまわないかと心配するほどだった。

それでもいっそう動きを速めた彼は、私を強く抱きしめたままやがて果てた。

「はぁっ、はぁ……」

彼は激しい呼吸を繰り返し、私を抱きかかえて離さない。そして、もう一度唇を覆う。

幸せすぎて涙がこぼれる。

すると彼は、その涙を優しく拭った。

「悲しいときやつらいときは、交感神経が活発になる。そうすると、アドレナリンやノルアドレナリンが活発に作られるんだ」

それはなんとなく聞いたことがあるけれど……。

「だけどそれらは、実は猛毒なんだよ」

「毒、ですか？」

「うん」

毒が作り出されているなんて、ちっとも知らなかった。

「涙は副交感神経を強力に誘導する働きがある。だからつらいときは涙が流れ、毒を消すんだ」

涙にそんな作用があるとは知らなかった。人の体の不思議に驚くばかりだ。

「でもうれしいときの涙は、副交感神経によって涙腺が活性化しているから出るんだ」

涙に種類があるなんて、それもまたびっくりだった。

彼の話に耳を傾けていると、鼓動が徐々に落ち着いてくる。

「都は俺の解毒剤」

「えっ、薬ですか？」

「そう。世界で一番効く薬」

優しく微笑む彼の腕の中は、幸せで満たされていた。


それからひと月後の週末。

「清春、元気にしてたか？」

私たちは再び清春くんと公園に向かった。

九月の終わりの空は高く、空気が澄んでいる。

「もう、全然遊んでくれないんだもん！」

私たちの間にゴタゴタが続き、彼の希望よりこの日が来るのが遅くなってしまった。

「今日はいっぱい遊ぼうね」

清春くんに手を差し出すと、うれしさを隠しきれないといった様子で私に引っついてきた。

「都、お弁当なに？」

「まだ内緒」

「えー」

清春くんのお母さんから唐揚げが大好きだと聞いてたっぷり用意してきたので、喜んでくれるはず。

「清春、来い！」

奏多さんはまるで自分の子のように彼をかわいがる。駆け寄った清春くんを空高く抱き上げ、肩車をした。

体の小さな清春くんは、体重もまだ幼稚園児並みなのだ。

「都、高いでしょー」

「ホントだ。届かない！」

自慢げな清春くんは、弾けんばかりの笑顔をみせる。それだけで、私たちまで幸せになる。

奏多さんの隣を歩くと、本当の家族のようで少し照れくさい。

「都、荷物重くない？」

「大丈夫です」

彼が治療してくれた左手は、よく見なければわからないほどきれいに治った。

広場に到着すると、清春くんと奏多さんは早速滑り台に走りだす。

私は木陰にシートを敷き、お弁当を置いた。

「トンボ……」

もう秋とはいえまだまだ気温が高いのに、トンボが目の前を横切る。

奏多さんと出会って半年。まだふたりで過ごした時間は短いけれど、とても充実している。これほどまでに心を通わせられる人に出会えるなんて思ってもいなかった。

でも、あと一週間で彼は渡米してしまう。

一方、院長の推薦をありがたく受けた私は、入学前の三月末まで仕事を続け、看護の勉強をすることにした。現場で見て覚えるのが一番だと奏多さんが言うから。

やがて、滑り台を満喫したふたりが帰ってきた。

「ねぇ、見て見て。まだ暑いのにトンボがいるよ！」

今日の最高気温は二十八度を超えると天気予報で言っていたのに。

興奮気味に報告すると、清春くんはなぜだか呆れ顔。

「当たり前だよ。オニヤンマは夏だもん」

「えっ、トンボって秋じゃないの？」

私たちの会話を聞いて、奏多さんがクスッと笑う。

「俺たち、昆虫も詳しいぞ。な、清春」

星だけじゃないんだ。

「秋は、アキアカネ。いわゆる赤トンボ」

奏多さんに教えられる私に、「都、知らないんだ」と自慢顔の清春くんがかわいらしい。

それからボールや遊具で遊んだあとお弁当を広げると、私の作った唐揚げを口からはみ出しそうなほど頬張る清春くんを見て、奏多さんと笑い合った。

「ねぇ、先生と都は結婚しないの？」

突然の素朴な質問に、卵焼きに伸びていた手が止まる。

清春くんは私たちが以前から付き合っていると思っているんだった。

「するよ」

私が返答に困っている間に、奏多さんがきっぱり言い切る。

「もちろん、する。都は俺の一番大切な人なんだ」

胸がじんわり温かくなる。清春くんへの返事なのに、愛を囁かれたようでくすぐったい。

「でも、ちょっとアメリカに行って勉強してくるって言っただろ?」

清春くんには留学することを伝えてある。

「うん」

「だから帰ってくるまで我慢だ。その間、都のこと頼むな」

「任せといて!」

したり顔で親指を立ててみせる清春くんに、奏多さんが吹き出す。

「頼もしいな」

そして私も、笑みがこぼれた。

しばらくすると、まだ体力のない清春くんは私の膝でうとうとし始めた。

額の汗を拭いてあげると、奏多さんは清春くんに温かいまなざしを注ぐ。

「寝ちゃった、な」

「はい。かわいい」

隣に座る奏多さんは自分が着ていたシャツを脱ぎ、彼にかけた。

「都。清春に先に言われちまったけど……」

私の目をまっすぐに見つめる彼の瞳に自分が映っているのがわかると、勝手に頬が上気していく。

「俺と結婚してほしい」

真夏とは違う少し涼しげな風が、ふわっと髪を揺らす。

「……はい」

それからどちらからともなく交わしたキスは、永遠の愛の証。

私たちがともに過ごした時間は、まだほんのわずか。体も数えるほどしか交えていない。それでも、一生をともにするのはこの人しかいない。

「んー」

私の膝の上の清春くんが突然声をあげるので、奏多さんと顔を見合わせて笑う。

「寝言か……。子供は見たらダメだ」

彼は清春くんの目の上に手をかざして、もう一度唇を重ねた。


「都。先生がいない間、また遊んであげるよ」

「清春！　遊んでいただいているのは、あなたでしょ！」

家まで送り届けると、マイペースな清春くんにお母さんが焦っている。

「楽しみにしてるね。でも、私も看護師さんになる勉強するんだよ」

「そうなんですか⁉」

お母さんが顔をほころばせる。

「はい。清春くんみたいに、入院の長いお子さんの力になりたくて」

「それはうれしいです。松浦さんのように、この子たちの苦しみを理解してくださる看護師さんがいてくれたら……きっと頑張れますから」

苦労してきたお母さんは、うっすらと目に涙を浮かべる。

「ママ、違うよ。都は松浦さんじゃなくて、高原さんになるんだもん」

「えっと、それは……」

それをお母さんに話すのはまだ早いと思ったけれど、「そうなんです」と奏多さんが口を開いた。

「まぁ、それはおめでとうございます！」

「ありがとうございます。私が日本に帰ってきてからになりますが……」

彼との結婚の約束が初めて清春くん以外の第三者に知られた瞬間、本当に一緒になれるんだと実感が湧いてきた。


「都」

ふたりで奏多さんの家に戻ると、ソファに座る彼に呼ばれて隣に腰かけた。

「今日はありがとう。清春、大喜びだったな」

「私もすごく楽しかったです」

奏多さんと清春くんとの家族ごっこ。走り回って疲れたものの、思わぬプロポーズまでされて、楽しくなかったわけがない。

彼は私の返事を聞いてうれしそうに微笑み、封筒を差し出した。

「なんですか、これ」

受け取り、中身を取り出してみると……婚姻届だった。しかも、彼の名前がすでに記入してある。

「奏多さん……」

「出すのは、俺が帰ってきてからでいい。それまで都の気持ちが変わらなければ、な」

「変わるわけ、ありません」

彼への気持ちが変化するなんてこと、ありえない。こんなに好きなんだから。

「ホントは心配なんだ。都のそばにいられなくて、他の男に取られないかって……」

それはこっちのセリフだ。彼は優秀な外科医で、見た目もパーフェクト。それでいて清らかな心を持ち、他人の痛みもわかる。そんな人がモテないわけがない。どうして私が隣にいられるのか不思議なくらいなのに。

「まさか。そんなことは絶対にありません。それに院長が『運命というものからは逃れられない』とおっしゃっていましたよね」

私たちの間にどれだけ距離があろうとも、それより強い絆があればいい。

「奏多さんに出会って私は変わりました。過去にとらわれた人生だったのに、今は未来のことばかり考えているんです」

彼との未来を。

「都……」

彼は私の背中に手を回し引き寄せると、額と額を重ねる。

間近で彼の息遣いを感じ、拍動が速まっていく。

「都との未来が俺に勇気をくれる。運命を信じてアメリカで必死に学んでくる」

「……はい」

彼は以前、『命をかけて天の川を渡るとしたら、都に会いに行くときだけ』と言った。それなら私は信じて待つだけでいい。彼は必ず来てくれる。

静かに重なった唇が、互いの熱を伝え合う。

そして……私から離れていった彼は、ポケットに手を入れた。

「印、つけておいていい？」

「印って?」

「俺、意外と独占欲が強いらしい」

私の左手を取った彼は、薬指に指輪を差し入れる。

「これ……」

存在感のある大きなダイヤがまばゆい光を放つそれは、間違いなく婚約指輪だ。

いつの間に用意したの?

「必ず都のところに帰ってくる。だから、待っててほしい」

感動のあまり声も出ない。何度も何度もうなずくと、彼は私を強く抱きしめた。


そして、奏多さんがアメリカに発つ前日。

野上総合を一旦退職した彼は、一緒に母の墓参りに行ってくれた。

「都さんを必ず幸せにします」

黙って手を合わせていた彼が突然そうつぶやいたとき、血だらけの母ではなく、笑顔の母が頭に浮かんだ。

あなたと、運命の恋を

それから二年。私は看護学校でひたすら勉強中だ。

つまずいて奏多さんにメールで教えを乞うと、初めて学ぶ私にもわかりやすい解説が返ってきて、解答のおすそ分けをした同級生たちにも大評判。

最初は自分が同級生より年上なことを気にしていたが、そんなことはすぐに気にならなくなり、楽しい毎日を過ごしている。奏多さんのおかげもあって勉強は順調に進み、講師の先生にも褒められるようになった。

そしてようやく奏多さんが帰国する今日は、朝から落ち着かない。

彼を迎えに空港に行き、出口をじっと見つめているのに、なかなか姿が見えなくてもどかしい。

「都」

しかし、しばらくすると懐かしい声が耳に届いて、一気に気持ちが高揚する。

数メートル先で満面の笑みを浮かべる奏多さんに向けて、自然と足が動いた。しかもどんどん足が速まっていく。

「そんなに走ったら危ないよ、都」

「だって……」

思いきり胸に飛び込むと、奏多さんはクスクス笑う。

忙しい彼は、二年間の間に一度しか帰ってこられなかった。けれど、私たちの絆は離れるどころかますます強くなった。

「だって、なに？」

わかってるくせにイジワルだ。

なにも答えないでいると、私の背中に回った手に力がこもる。

「会いたかった」

「私、も……」

周りに人が大勢いるのに、彼は気にする様子もなくキスを落とす。そして私は、それが恥ずかしくもありうれしくもあった。

「おかえりなさい」

「ただいま」

彼の優しい笑みは、ちっとも変わらない。

「都、勉強進んでるか？」

「はい。頑張ってます」

それからふたり並んで歩きながら、互いの報告を始めた。

「ナースになったら、ここ、貸してやるよ」

彼は自分の腕を叩く。

「採血させてくれるんですか？」

「痛くするなよ。昔、小谷に痣だらけにされたんだ」

そのときのことを思い出しているのか肩を震わせる彼は、バッグからハガキを取り出して私に手渡した。

「嘘！」

「驚いた？」

奏多さんは、驚愕して足が止まった私からハガキを奪い、まじまじと見つめる。

「出席な。俺と一緒に」

「はい！」

それは、小谷先生から届いた結婚式の招待状。しかも、そのお相手が……酒井先生だったのだ。

野上総合に看護実習に行くこともあり、小谷先生とも酒井先生とも顔を合わせるけれど、ふたりがそういう関係になっているとは知らなかった。

「小谷、都が愛のキューピッドだって、恥ずかしいこと言ってたぞ」

もしかして、私が酒井先生に頭を下げに行ったときからふたりは始まったの？

「酒井からも電話をもらった。小柴部長が俺を待ってるから、早く帰ってこいだって」

あのとき踏み出した一歩が、素晴らしい未来につながっていく。

「都も早くナースになって、野上に戻ってこいよ」

「はい」

その返事に満足そうに微笑む彼は、私の手をしっかりと握り足を進めた。


私は彼の帰国に合わせて広い部屋に引っ越しを済ませてあった。

病院から遠くなく、それでいてちょっとしたこだわりを持って探し、ようやく見つけたお気に入りの部屋だ。彼はアメリカにいたので、部屋選びは全部任せてくれたが、気に入ってくれるといいな。

新しいマンションの最寄り駅からタクシーに乗り、運転手に住所を言おうとすると彼はそれを遮る。そして、「先に行くところがある」と、区役所に行くように告げている。すぐに職場復帰するようだから、必要な書類があるのだろう。

区役所に到着すると、順番待ちの列の一番うしろにふたりで並ぶ。長く離れていたので、こうしているだけで幸せ。

「なにをもらうんですか？」

「もらわないよ。出すんだ」

そう言いながら彼がジャケットの内ポケットから取り出したのは、婚姻届。

当初私に預けると言っていたが、私の気持ちは絶対に変わらないからお守りに持っていってほしいと、旅立つ前に署名して預けてあった。異国の地で頑張る彼の不安を、少しでも取り除きたかったから。

帰ってきたら籍を入れるのはふたりの間では決定事項だった。でも、まさか今日だとは。

「奏多さん……」

「一秒でも早く、都を俺のものにしたかった。待たせてごめん」

彼はサプライズが好きらしい。いつも感情を揺さぶられて困ってしまう。

私の左手薬指にはキラキラと輝きを放つ婚約指輪が収まっている。奏多さんはその指輪に触れながら「今日から俺の奥さんだ」と囁いた。

もう、胸がいっぱいだ。

「ご結婚ですね。おめでとうございます」

係の人の祝福を、ふたりで聞ける幸せ。

たった紙一枚のことだけど、とても重みがあった。


今度こそタクシーで帰宅すると、彼はひと目で部屋を気に入ってくれた。

小高い丘の上に建つマンションの最上階にあるその部屋にはロフトがついていて、天窓まである。

「すごいじゃないか。ここから星が見える！」

ロフトには彼が置いていった望遠鏡と星の図鑑が置いてある。

彼と一緒に星が見たくてここに決めたのだ。約束だったし。

奏多さんはロフトに座り込み、まだほんのり明るい空を眺めながら、「いつも見てた」と私の肩を抱く。

「えっ、星？」

「うん。都も見てると思ったから」

「えへへ。バレてた」

毎日毎日、夜空を見上げることだけは欠かさなかった。どんなに雨が降っても、雲が月を覆っても……きっと彼も遠い空の下で見ていると思っていたから。

彼の肩に頭を預けると、大きな手が私の髪を撫でだした。こうして同じ空気を吸っているだけで心が満たされる。

やがて茜色の夕焼けが私たちの頬を照らし始めると、彼は口を開いた。

「俺……やっぱり救えない命もあった」

「……はい」

彼の留学先は、心臓血管外科専門の病院。全米どころか、全世界から難しい症例が集まってくるという。そのため、日本では少ない心臓移植のオペにも立ち会えたとか。もともとリスクの高い患者が集まるのだから、どれだけ手を尽くしても助からない命があっただろう。

「けど、前よりはずっと救える命が増えているはずだ」

二年前とは比べものにならないほど、彼は自信に満ちあふれている。

それはきっと、ひたすら努力を重ねてきた証拠。

「でも、きっとへこたれる。人の命はそれくらい重い」

私は大きくうなずいた。

短い間とはいえ、私も彼と一緒に救急の最前線で働いて、命の尊さをまざまざと見せつけられた。

「だから都は隣にいて、俺を叱ってくれないか」

叱るなんてできない。彼が手を抜くことは絶対にないから。

「奏多さんの苦しみは、私の苦しみ。ふたりなら乗り越えられます」

幼い子が亡くなるという、救急に配属されて初めてのショッキングな経験をしたあのとき、彼は私を抱きしめて『泣けばいい』と言ってくれた。

彼が泣きたいほどつらいときは私がそばに寄り添い、私が泣きたいときには彼の胸を借りよう。

人はひとりでは生きられない。支え合って、困難を乗り越えればいい。

「そう、だな」

甘い吐息が頬にかかると、私は目を閉じた。重なった唇の温もりはあっという間に私を夢中にさせた。

「そろそろ勉強始めようか」

天窓から見える空が、うっすらと暗くなってきた。

もっとこうしていたかったけど、奏多さんに近づくには必死に学ぶしかない。そう思い立ち上がろうとすると……止められる。

「どこ行くつもり？」

「どこって、勉強……」

「バカだな」

奏多さんは私の手首を引き、そのまま押し倒した。

あっ、まさか勉強って……。

「今日はなににする？」

突然情欲を纏《まと》った彼の瞳が、私の体を視線で犯す。

「なに、って……」

「それじゃあ、まず耳」

「やっ……」

彼は私の耳朶《みみたぶ》を甘噛みしながら、カットソーの裾から手を入れてくる。

「内耳は、なにとなにからできている？」

耳にかかる吐息にゾクゾクしながら、彼の背中に手を回した。筋肉質な体に〝男〟を感じる。

「蝸牛《かぎゅう》と、前庭《ぜんてい》……」

「おっ、余裕だな」

彼はニヤリと笑うが、大きな手で胸を包み込まれた私は、呼吸が次第に乱れてくる。

「それじゃあ、次」

今度はカットソーを一気にまくり上げてブラをずらしたかと思うと、その頂を口に含む。

「あぁっ……」

焦るような彼の行動に体が反応して、声が漏れてしまった。

「どうして、触れられていることがわかるの？　感覚の伝わり方を説明して？」

彼の愛撫に悶えながらも、なんとか口を開く。

「感覚は、末梢神経から脊髄の神経根に……あっ……」

答える間も彼の舌が容赦なく私を攻め立てるので、言葉が続かない。

「都。気持ちいいのはどうして？」

それでも質問をやめない奏多さんに首を振って抵抗したのに、「どうして？」と許してくれない。

「神経根に入って――」

さっきの続きを口にすると、彼は私の唇を覆い言葉も一緒に呑み込んだ。

「違うよ。俺が都を愛してるから。愛おしくてたまらないから」

そんな答え、ずるい。けれど……私も同じ気持ちだ。

「私も愛してます」

「あぁっ、もう、抑えられない」

それから奏多さんは、私を激しく翻弄した。

「あぁっ、んっ……」

どれだけ首を振って抵抗しても、彼の指は私の体中を這い、柔らかい唇は私を真っ赤に染め上げた。

「都……」

少し顔をゆがめながら一気に貫いた彼は、悶える私を抱きしめて激しいキスを降らせる。

「星に見られてる」

「イヤッ……。はぁっ」

天窓から見える夜空には、無数の星が瞬き始めた。

彼は来てくれた。

――天の川を、渡って。

その晩、奏多さんは何度も何度も私を抱いた。

ロフトのあとはバスルームで。そして、ベッドで。まるで会えなかった時間を埋めるかのように。

あまりに激しくてぐったりしていると、同じように息を荒らげている彼は、私を腕の中に誘う。

「心臓がやぶれそうだ」

「ダメ。私には治せないの」

彼の胸の傷にそっと触れると、ドクドクと激しく打ち続けている鼓動を直に感じて驚く。

「死んじゃ、嫌……」

はたして心臓のオペの経験がある人が、これほどまで心拍数を上げていいものなのか、私にはまだわからない。

「心配するな。大丈夫だよ」

「よかった……」

もう彼がいない生活なんて考えられない。

涙目になりながら奏多さんを見上げると、彼は胸の傷に触れていた私の手を握る。

「都がこの傷を褒めてくれたから、自信が持てた」

ずっとコンプレックスだったという無数の傷痕は、彼を苦しめたかもしれない。けれど私はこの傷に感謝したい。彼の命をつなぎとめてくれたのだから。

「奏多さん……。私……奏多さんに出会えて、本当によかった」

私も彼から新しい未来をもらった。

にっこり笑ってみせたのに、目尻から透明の液体が一粒こぼれていく。

彼が以前言ったように、天の川を渡るのは簡単じゃなかった。二年という長い月日は、本当は苦しくてたまらなかった。

でも、もう離れない。

奏多さんは私の左手を取り、薬指の指輪に唇を寄せる。

「これからは愛する妻のために生きる」

「私も、大切な旦那さまのために……」

首にしがみつきキスをねだると、優しい顔で微笑む彼は唇を重ねた。

思えば、私たちは出会った瞬間に恋に落ちたのかもしれない。

互いの苦しみや痛みを知り、それを共有することで乗り越えてきた。

私は今でも強くない。ただ、隣に彼がいるだけで強くなれるから不思議。

そして、きっと彼もそうなのだろう。

〝命〟というこの世で一番重い荷物をこれからも背負っていく私たち。自らそれを背負う奏多さんを、私はずっと支えていきたい。

白衣を着た彼が、一番輝いているから。

「都。愛してるよ」

「奏多さん。私も……愛してます」

END

あとがき

ベリーズ文庫では『御曹司と偽装結婚はじめます！』に続きまして二度目となります野上総合病院が登場しましたお話をお楽しみいただけましたでしょうか。この作品は数年前に書いたもので、最近の作品とリンクが少なくて申し訳ありません。が、（書籍にはなっておりませんが）実はロマンチストの院長のお話が先にあったり、彼の姉である副院長と、整形外科部長（小谷の指導医）との恋のお話があってのこの作品でした。ちなみにこのあと高原は、偽装結婚のヒーロー・香川の指導医になります。

そんな裏設定を暴露したところで、物語の内容に行きましょう。

私は学生の頃、救急外来の受付のアルバイトをしていたことがありまして、そのときの経験からこの作品を書きました。小説と同じように受付の隣には初療室があり、たくさんの患者さんが運ばれてきました。初めて患者さんが亡くなったときは、都と同様ショックで泣くのを必死にこらえていたのを覚えています。でも、他のスタッフはすぐに次の仕事に移っているんですよね。高原たちと同じように、死を受け止めて次の命に向かわなければなりません。そんな救急を支えているドクターとナースには頭が下がります。本当に過酷な現場です。あっ、救急車をタクシー代わりにしてはいけませんよ。本当にありましたが、大迷惑です。その一方で、心筋梗塞なのに自分の足で駆け込んでこられた方もいました。かく言う私も以前とある病気になり自力で病院に行ったら、「あなた救急車で来たんじゃないの？」と驚かれました。救急車をお願いしてもいいかどうかの判断は難しいですね。

私は残念ながら恋が始まることはありませんでしたが、高原と都は救急で出会い、恋に落ちました。作中に〝痛い場所が同じ〟という言葉が出てきますが、なにかの感覚や人生観が似ている人って一緒にいると心地よくありませんか？　異性、同性にかかわらずそういう人に出会えることは幸せですよね。そうした出会いと命は大切にしたいと思います。

この度も力を貸してくださいました担当の福島さま、妹尾さま、スターツ出版の皆さま。この作品をお手に取ってくださいました皆さま。ありがとうございました。

佐倉《さくら》伊織《いおり》

佐倉伊織先生への
ファンレターのあて先

〒104-0031
東京都中央区京橋1-3-1
八重洲口大栄ビル7F
スターツ出版株式会社　書籍編集部　気付

佐倉伊織先生

本書へのご意見をお聞かせください

お買い上げいただき、ありがとうございます。
今後の編集の参考にさせていただきますので、
アンケートにお答えいただければ幸いです。

下記URLまたはQRコードから
アンケートページへお入りください。
https://www.berrys-cafe.jp/static/etc/bb

溺愛ドクターは恋情を止められない

2019年5月10日　初版第1刷発行

著　者　佐倉伊織

発行人　松島 滋
デザイン　hive & co.,ltd.
校　正　株式会社鷗来堂
編集協力　妹尾香雪
編　集　福島史子
発行所　スターツ出版株式会社
〒104-0031
東京都中央区京橋1-3-1　八重洲口大栄ビル7F
TEL　出版マーケティンググループ　03-6202-0386
（ご注文等に関するお問い合わせ）
URL　https://starts-pub.jp/
印刷所　大日本印刷株式会社

Printed in Japan

乱丁・落丁などの不良品はお取替えいたします。
上記出版マーケティング部までお問い合わせください。
定価はカバーに記載されています。

ISBN 978-4-8137-0677-9　C0193

ベリーズ文庫　2019年5月発売

『エリート副操縦士と愛され独占契約』　水守《みずもり》恵蓮《えれん》・著

航空会社で働く理華は男運ゼロ。元カレに付きまとわれているところを、同期のイケメン副操縦士・水無瀬に見られてしまう。すると「俺が男の基準を作ってやる」と言って彼が理華の恋人役に立候補。そのまま有無を言わさず自分の家に連れ帰った水無瀬は、まるで本物の恋人のように理華を甘やかす毎日で…。

ISBN 978-4-8137-0675-5／定価：本体640円＋税

『最愛宣言～クールな社長はウブな秘書を愛しすぎている～』　綾瀬《あやせ》真雪《まゆき》・著

秘書室勤めのOL・里香は、冷酷で有名なイケメン社長・東吾の秘書に任命される。仕事が抜群にデキる彼は、里香を頼らず全て自分でこなしてしまうが、ある日過労で倒れてしまう。里香が看病していると、クールな彼が豹変！　突然膝枕をさせられ「俺のそばから離れるな」と熱い眼差しで見つめられ…!?　焦れ恋オフィスラブ！

ISBN 978-4-8137-0676-2／定価：本体640円＋税

『溺愛ドクターは恋情を止められない』　佐倉《さくら》伊織《いおり》・著

病院の受付で働く都は、恋愛とは無縁の日々。ある日、目の前で患者を看取り落ち込んでいるところを、心臓外科で将来を約束された優秀な研修医・高原に励まされ、2人の距離は急接近。「お前を縛り付けたい。俺のことしか見えないように」――紳士な態度から豹変、独占欲を見せつけられ、もう陥落寸前で…!?

ISBN 978-4-8137-0677-9／定価：本体650円＋税

『極上御曹司に求愛されています』　惣領《そうりょう》莉沙《りさ》・著

恋に憶病なOLの芹花は、ひょんなことから財閥御曹司・悠生と恋人のフリをしてラブラブ写真を撮る間柄になる。次第に彼に惹かれていく芹花だが、彼とは住む世界が違うと気持ちを封じ込めようとする。それなのに、事あるごとに甘い言葉で迫ってくる彼に、トキメキが止まらなくなっていき…。

ISBN 978-4-8137-0678-6／定価：本体630円＋税

『ひざまずいて、愛を乞え～御曹司の一途な愛執～』　あさぎ千夜春《ちよはる》・著

百貨店勤務の葵は、元婚約者で大手飲料メーカーの御曹司・蒼佑と偶然再会する。８年前、一方的に婚約破棄し音信不通になった蒼佑だが、再会したその日に「愛してる」と言って、いきなり葵を抱きしめキス！　婚約破棄が彼の意思ではなかった事実を告げられ、ふたりの愛は再燃して……!?

ISBN 978-4-8137-0679-3／定価：本体640円＋税

タイトル、価格等は変更になることがございますのでご了承ください。

ベリーズ文庫 2019年5月発売

『冷徹騎士団長は新妻への独占欲を隠せない』　黒乃《くろの》 梓《あずさ》・著

とある事情で幽閉されていたところを、王国の騎士団に救出された少女ライラ。しかし彼女を狙う者はまだ多く、身を守るため、国王の命令で堅物な騎士団長スヴェンと偽装結婚をすることに。無愛想ながらも常に彼女を守り、しかも時に甘い独占欲を見せてくる彼に、ライラは戸惑いつつも籠絡されていき…!?

ISBN 978-4-8137-0680-9／定価：本体650円＋税

『懲らしめて差し上げますっ！～じゃじゃ馬王女の下克上日記～』　藍里《あいさと》まめ・著

お転婆な王女・ラナは、兄であるポンコツ王太子の浪費癖に国の未来を危惧し、自分が王になることを決意。だけど、それは法律上不可能。法律を変えるため父王から出された条件は、国にはびこる悪を成敗すること。身分を隠し旅に出たラナは愉快な仲間と共に、片っ端から華麗な『ざまぁ』をおみまいしていき…！

ISBN 978-4-8137-0681-6／定価：本体620円＋税

『ブラック研究所からドロップアウトしたら異世界で男装薬師になりました』　佐藤《さとう》三《あた》・著

薬剤師を目指して大学院に通うリナは、車に轢かれ短い人生の幕を閉じる。しかし…異世界転生して２度目の人生がスタート!?転生先では女性が薬師になることは許されないため、男装して研究に没頭するリナ。しかしある日、木から落ちたところを王太子・ミカエルに抱きとめられ、男装がバレてしまい!?

ISBN 978-4-8137-0682-3／定価：本体640円＋税

ベリーズ文庫 2019年6月発売予定

Now Printing

『純真すぎる新妻は素敵すぎる旦那様に嫌われたくて仕方ない。』 きたみまゆ・著

老舗旅館の一人娘・鈴花は、旅館の経営状況が悪化し資金援助をしてもらうため御曹司・一樹と契約結婚をする。ところが、愛のない結婚をしたくなかった鈴花は離婚を決意。夫から離婚を切り出してもらおうと、一生懸命かわいい嫌がらせを仕掛けるも、まさかの逆効果。彼の溺愛本能を刺激してしまい…!?

ISBN 978-4-8137-0694-6／予価600円＋税

Now Printing

『四六時中、不敵なる新社長のお気に召すまま』 葉月《はづき》りゅう・著

仕事ひと筋だった麗は、恋人にフラれ傷心。落ち込んでいるところを同僚のイケメン・雪成に慰められて元気を取り戻すも、彼は退職してしまった。その後、会社が買収されることになり、現れた新社長は…なんと雪成!? 麗はいきなり彼専属の秘書に抜擢され、プライベートの世話もアリの甘い毎日が始まり…！

ISBN 978-4-8137-0695-3／予価600円＋税

Now Printing

『絶対俺の嫁にするから。一強引なカレの完全なる包囲網一』 田崎《たさき》くるみ・著

建築会社の令嬢・麻衣子は不動産会社の御曹司でプレイボーイと噂される岳人と見合いをする。愛のない結婚などあり得ないと拒否したものの、岳人は「絶対、俺と結婚してもらう」と宣言。さらに彼のマンションで同居することに！「本当に麻衣子は可愛いな」と力強く抱きしめられ、甘いキスを落とされて…。

ISBN 978-4-8137-0696-0／予価600円＋税

Now Printing

『てのひらに砂糖菓子』 砂原雑音《すなはらのいず》・著

老舗和菓子店の令嬢・藍は、お店の存続のため大手製菓の御曹司・葛城との政略結婚をもちかけられる。恋愛期間ゼロの結婚なんて絶対にお断りだと思っていたのに──「今日から君は俺のものだ」と突然葛城に迫られ、強引に甘い同居生活がスタート!? 色気たっぷりに翻弄され、藍はタジタジで…。

ISBN 978-4-8137-0697-7／予価600円＋税

Now Printing

『御曹司はジュリエットを可愛がりたくてしかたがない』 真崎奈南《まさきなな》・著

令嬢の麻莉は、親が決めた結婚をしたくないと幼なじみで御曹司の遼にこぼすと、「俺と結婚すればいい」といきなりキス！ 驚く麻莉だったが、一夜を共に。とことん甘やかしてくる遼に次第に惹かれていくも、やはり親を裏切れないと悩む麻莉。だけど「誰にも渡さない」と甘く愛を囁かれて…。

ISBN 978-4-8137-0698-4／予価600円＋税

タイトル、価格等は変更になることがございますのでご了承ください。

ベリーズ文庫 2019年6月発売予定

『会議は踊る、されど進まず!?　異世界でバリキャリ宰相めざします！』　桃城《ももしろ》猫《ねこ》緒《お》・著

Now Printing

社長秘書として働くつぐみは、泥酔し足を滑らせ川に落ちてしまう。目が覚めるとそこは19世紀のオーストリアによく似た異世界。名宰相メッテルニヒに拾われたつぐみは、男装して彼の秘書として働くことに。かつてのキャリアとたまたま持っていた電子辞書を駆使して、陰謀渦巻く異世界の大改革はじめます！

ISBN 978-4-8137-0699-1／予価600円＋税

『しあわせ食堂の異世界ご飯4』　ぷにちゃん・著

Now Printing

料理が得意な女の子が、突然王女・アリアに転生!?　ひょんなことからお料理スキルを生かし、『しあわせ食堂』のシェフとして働くことになる。アリアの作る絶品料理で閑古鳥の泣いていたお店は大繁盛！　さらに冷酷な皇帝・リントの胃袋を掴み、彼の花嫁候補に!?　続々重版の人気シリーズ、待望の４巻！

ISBN 978-4-8137-0700-4／予価600円＋税